주니어 박씨부인전 / 여검객

주니어 한국고전시리즈

주니어 박씨부인전 / 여검객

초판 1쇄 2025년 10월 15일
지은이 작자 미상
역해자 이혜숙
편집주간 김종성
편집장 이상기
펴낸이 윤정환
펴낸곳 과학과 이성
등록 2023년 9월 11일 제2023-000102호
주소 서울특별시 종로구 창경궁로16길 70 12층 1205호
전자주소 birambooks@daum.net

ⓒ 이혜숙 2025, Printed in Korea.

ISBN 979-11-985028-5-8 43810

값 15,000원

| 주니어 한국고전시리즈 |

주니어
박씨부인전 / 여검객

이혜숙 글

과학과이성

차례

머리말 6

주니어 박씨부인전 9
  1. 이시백의 탄생 11
  2. 박 처사의 딸 15
  3. 신부를 찾아서 20
  4. 금강산 선녀라고? 24
  5. 피화당 36
  6. 하룻밤 사이에 조복을 짓다 44
  7. 말값이 삼만 팔천 냥 56
  8. 장원 급제 이시백 66
  9. 박 씨 허물을 벗다 76
  10. 박 씨 조화를 부리다 87

11. 이시백의 벼슬살이　　　　　　　93
12. 이시백과 임경업 호국을 구하다　　96
13. 호국이 조선을 넘보다　　　　　103
14. 호국 자객 기홍대　　　　　　　108
15. 난리　　　　　　　　　　　　　116
16. 용홀대의 죽음　　　　　　　　123
17. 분통 터진 용골대　　　　　　　129
18. 난리가 끝나고　　　　　　　　141

주니어 박씨부인전 해설　　　　　　149

주니어 여검객　　　　　　　　　　165

주니어 여검객 해설　　　　　　　　185

머리말

　지금 우리는 성별이나 신분에 상관없이 개인의 능력과 재능을 발휘할 수 있는 세상에 살고 있다. 하지만 외모에 대한 편견은 성별과 신분에 따라 차별이 있었던 옛날보다 지금이 더 심해진 것 같다. 그것은 아름다운 외모가 그 사람의 값어치를 높여 주고 사회생활이나 대인 관계에 득이 된다는 생각이다. 그래서 화장술이 날로 발전하고 심지어 의술의 힘을 빌려 멀쩡한 얼굴을 뜯어고치기까지 한다. 그렇게 외면의 아름다움을 가꾸는 데 온 정신을 쏟다 보면 우리는 내면의 아름다움을 발견하고 소중히 여기는 마음을 점점 잃어버리게 되고 말 것 같다.

　우리 선조들이 쓴 고전 소설 속에 나오는 여자들을 보면 마음씨 고약하고 하는 짓도 밉상인 여자들은 대개 외모도 곱지 못한 경우가 많다. 『장화홍련전』의 계모라든가 『심청전』의 뺑덕어멈이 대표적이라 하겠다. 그런데 그 두 사람 못지않게 추한 외모를 가진 여자가 바로 『박씨부인전』의 주인공 박 씨이다. 박 씨의 인물은 단순히 아름답지 못한 정도가 아니라 너무나 기괴하고 흉물스럽기까지 하다. 박 씨는 양쪽 집 아버지들끼리의 약속에 따라 양반집으로 시집을 가지만 시어머니와 남편의 박대는 물론이고 하인들에게조차 업신여김을 받게 된다. 남녀 차별이 엄격했던 조선시대에 아름답지 못한 외모를 가졌으니 박 씨는 이중의 굴레를 쓴 것이다. 보통 사람 같으면 비참한 지경으로 굴러떨어지거나 성질까지 못돼먹기 십상이다. 하지만 박 씨는 비록 아름답지 못한 외모를 하고 있었지만 그 누구보다 현명하고 마음이 넓고 앞날을 미리 내다보는 지혜가 있는 사람이었다. 자신을 멀리하는 남편의 마음을 이해해 주고 남다른 선견지명으로 집안 살림을 돕는다. 이 과정에서 박 씨가 시아버지에게 간청하여 사실은 명마인 비루먹은 조랑말을 사다가 잘 길러 비싼 값을 받고 파는 이야기는 한 편의 콩트처럼 재미있다. 그뿐 아니라 천문과 무술과 도술까지 통달하여 집에 몰래 숨어든 오랑캐 자객을 붙잡고, 조선을 침략한 청나라 장수를 속 시원하게 혼내주는 장면 같은 것은 무협 영화의 한 장면처럼 아슬아슬하고 통쾌하다.

바느질 솜씨가 뛰어나서 시아버지가 대궐에 입고 들어갈 조복을 하룻밤 새에 지어내고, 도술을 부려 술잔에 채워진 술을 절반으로 가른다거나 더러워진 비단 치마를 화롯불 속에 던져 태워 더욱 고운 빛깔의 새 치마로 변하게 하는 장면들도 신기하기 그지없다.

비록 현실이 아닌 소설 속 인물이지만 박 씨야말로 내면의 아름다움을 가꿔 외면의 추함을 극복한 여성 영웅이다.

「여검객」은 여자로서 보통 사람이 따르지 못할 비상한 검술을 배워 원수를 찾아가 복수하는 짧은 이야기이다. 그 후 세상에 이름이 널리 알려진 유명 인사를 찾아가 모시고 살았으나, 막상 곁에서 지켜본 그의 사람됨이 명성에 미치지 못하는 인물임을 알고는 한마디 충고를 남기고 떠나간다. 주인공 갑이를 통해 종이라는 신분의 굴레를 벗어나 자아를 찾아가는 한 인간의 모습을 그려낸 소설이다.

2024년 3월 25일
이혜숙

주니어 박씨부인전

1. 이시백의 탄생

　조선 제16대 임금 인조대왕 시절의 이야기이다.
　한성 북촌에 사는 이득춘은 문벌 좋은 가문에 태어나서 일찍이 벼슬길에 올라 관직이 이조 참판에 이르렀고 인품이 훌륭하여 명망이 높았다. 다만 어려서 결혼한 부인과의 사이에 사십 년이 지나도록 자식이 없는 것이 큰 근심거리였다.
　"우리가 이 나이 먹도록 자식이 없어 후사를 잇지 못하고 죽으면 저승에 가서 무슨 낯으로 조상님들을 뵙겠소."
　득춘이 탄식하는 말에 부인이 눈물을 흘리며 대꾸했다.
　"제가 좋은 가문에 시집와서 시부모 두 분의 사랑을 받고 부부 사이도 좋아 더 바랄 것이 없는데 자식을 낳지 못했으니 저의 죄가 큽니다. 부디 새로 좋은 사람을 만나 아들을 얻으세요."
　"그게 어찌 부인의 죄겠소. 내가 복이 없어 그런듯하니 명산대찰을 찾아가 부처님께 기도라도 드려봐야겠어요."
　득춘은 곧 행장을 차려 길을 떠났다. 금강산 명월암에 들어가 이레 동안 정성을 다해 기도하고 돌아온 지 며칠이 지나서였다. 외당에서 책을 읽다가 책상머리에 기대어 깜빡 잠이 들었는데,

한 노인이 대지팡이를 짚고 짚신을 신은 채 백발을 휘날리며 방으로 들어왔다.

"그대가 전생에 지은 죄 때문에 자식 복이 없었는데 기도하는 정성이 기특해서 특별히 아들을 점지하겠노라. 귀하게 잘 길러 가문을 빛내도록 하여라."

노인은 그렇게 말하면서 소매 속에서 기이하게 생긴 구슬을 한 개 꺼내 주었다. 득춘이 구슬을 받아 들고 감사 인사를 하려는 순간 노인은 온데간데없이 사라지고 구슬은 어느새 푸른 옷을 입은 동자로 변하여 안방으로 들어가는 것이었다. 득춘이 깜짝 놀라서 깨고 보니 한바탕 꿈이었다. 꿈이 너무 생생해서 눈앞에 아직도 꿈에서 본 푸른 옷의 동자가 걸어가고 있는 모습이 보이는 것 같았다. 득춘의 발길이 저도 모르게 안방으로 향했다. 안방에서는 부인이 초저녁잠이 들었다가 문 열리는 소리에 놀라 깨어 어리둥절한 표정으로 득춘을 바라보았다. 득춘이 멋쩍은 표정으로 웃으면서 말했다.

"내가 방금 책을 읽다가 깜빡 잠이 들었는데 이상한 꿈을 꾸었어요. 백발에 대지팡이를 짚은 신선 같은 노인이 나타나서 구슬을 한 개 주고 갔는데 그 구슬이 글쎄 푸른 옷을 입은 동자로 변해서 안방으로 들어가는 게 아닙니까? 꿈을 깨고 나서도 꼭 생시인 것만 같아서 나도 모르게 동자의 뒤를 따라왔네요."

부인이 깜짝 놀란 얼굴로 대꾸했다.

"어쩌면 저와 똑같은 꿈을 꾸셨을까요? 제 꿈에도 신선이 나타나 구슬을 한 개 주고 가셨는데 그 구슬이 변해서 동자가 되는 것을 보고 놀라서 깬 참입니다."

부부는 서로 얼굴을 마주 보며 똑같은 생각을 하였다.

'정말로 신선이 나타나서 자식을 점지해 주고 가신 거라면 얼마나 좋을까?'

그리고 부부의 간절한 소망은 마침내 현실이 되었다. 득춘의 부인이 아기를 가진 지 열 달이 지난 어느 날 부인이 아기를 낳을 조짐이 보였다. 득춘은 산모에게 먹일 약을 준비해서 하녀에게 달이라고 시켜놓고 마루 위에서 서성였다. 부디 순산하게 해주시라고 속으로 빌고 있는데 갑자기 오색 안개 같은 구름이 하늘에서 내려와 주위를 자욱하게 둘러싸더니 구름 속에서 선녀가 나와 방으로 들어갔다. 득춘이 놀라서 제 자리에 멈춰 서 있는 사이에 곧 우렁찬 아기 울음소리가 들렸다. '아기 울음소리가 저리 크고 우렁찬 걸 보니 아마도 사내아이인가 보다.' 득춘은 속으로 생각하면서 기쁘기가 한량없었다. 부엌에서 물을 끓이고 있는 하녀에게 어서 아기를 씻길 물을 방으로 들여가라고 분부했다. 하녀가 아기 씻길 물을 방으로 들고 들어가자 선녀가 방금 낳은 아기를 손수 씻겨 누이면서 부인께 고하였다.

"이 아기는 하늘의 태백성이 세상에 내려와 부인에게서 태어난 것입니다. 장성한 뒤에 이 아기의 배필[1]은 금강산에 있으니 부디 하늘이 정하신 바를 어기지 마십시오."

말을 끝내고 선녀는 오색구름에 싸여 하늘로 다시 올라갔다.

"이 아이가 꿈에서 본 동자와 똑같이 생긴 것 같지 않소?"

"저는 아기가 배 속에 있을 때부터 몇 번씩이나 태몽을 꾸었는데 그때마다 아기의 얼굴이 꿈속에서 본 동자의 얼굴과 똑같더니 지금 바로 그 얼굴이 눈앞에 있네요. 참으로 믿어지지 않습니다."

득춘 부부는 너무도 기뻐 아기 이름을 시백이라 짓고 애지중지하며 길렀다.

시백은 아기 때부터 영리하고 총명하며 장난감 대신 아버지의 서재에 가서 책을 갖고 놀 만큼 숙성했다. 시백이 세 살이 되었을 때는 글을 익혀서 집에 있는 모든 책을 다 읽으려 들었다. 득춘 부부는 시백이 장차 큰 인물이 될 거라는 기대를 품고 더욱 정성을 다해 보살폈다.

시백이 십 육세가 되었을 때 임금이 득춘에게 강원 감사를 제

---

1 배필: 부부로서의 짝.

수하였다. 득춘은 아들과 한 시도 떨어져 있기 싫어서 시백을 데리고 강원 감영2에 부임하였다. 그곳에서 감사의 직분을 다 하면서 틈이 나면 시백을 앞에 앉히고 글을 읽으면서 학문을 가르쳤다.

---

2 감영: 조선 때, 관찰사가 직무를 보던 관아.

2. 박 처사의 딸

한편 금강산 꼭대기에 박현옥이란 사람이 살고 있었다. 세상의 모든 학문을 꿰뚫어 알고 도술까지 부렸으나 사람들 앞에 나타나지 않고 조용히 숨어 살았다. 유점사 근처에 소박한 초가집을 지어 비취정이라 이름 짓고 살면서 세상에 모습을 잘 드러내지 않았다. 사람들이 풍문만 듣고도 존경심이 일어나 비취 선생이라고도 하고 박 처사 혹은 유점 처사라고도 불렀다.

그에게는 두 딸이 있었는데, 동생은 일찍 시집을 갔으나 장녀는 외모가 매우 곱지 못하여 집에 그대로 있었다. 박 처사의 딸은 비록 잘생기지는 못했지만 천성이 어질고 슬기로웠다. 아버지 밑에서 공부를 많이 하여 세상 만물에 모를 것이 없었다. 박 처사가 기특하게 여겨서 한가한 때면 딸을 불러 앞에 앉히고 세상 이치와 고금[1]의 일을 두고 토론을 하는데 딸의 대답이 흐르는 물처럼 막힘이 없었다. 오히려 아버지가 잘 모르는 일까지 잘 알

---

1 고금: 옛날과 지금.

대답하니 처사가 감탄하면서 속으로 다짐하였다.

"이 아이는 세상에 기이한 재주를 타고났으니 제게 걸맞은 배필을 구해 주어야겠다."

그러던 차에 마침 이득춘이 강원도 감사로 내려온 것을 알고 부인한테 말하였다.

"내가 감영에 들어가서 이 감사에게 두 집의 아이들을 결혼시키자고 해야겠소."

부인이 기가 막혀 웃었다.

"이 감사는 세상이 알아주는 명문 집안 출신으로 높은 벼슬에 올라 있는 분인데, 무엇 때문에 산골짜기에 숨어 사는 이름 없는 집안의 딸을 며느리로 들이겠어요?"

박 처사가 정색하고 대답했다.

"부인은 그런 염려를 할 필요가 없소. 이 감사의 아들과 우리 아이는 하늘이 정해준 연분이니 두고 보시오."

그제야 부인이 남편의 말 속에 깊은 뜻이 있는 것을 알고 입을 다물었다.

박 처사가 갈건2 포의3를 단정하게 차리고 나귀를 타고 감영에

---

2 갈건: 갈포로 만든 두건.
3 포의: ① 베로 지은 옷. ② 벼슬이 없는 선비.

들어가 통인을 불러 이름을 쓴 종이를 주고 말하였다.

"박 처사란 사람이 사또를 뵈러 왔다고 전해라."

통인이 곧 이 감사에게 들어가 처사의 이름이 적힌 종이를 드렸다. 감사가 보니 '처사 박현옥'이라 씌어 있는데 글씨체가 예사롭지 않았다.

'아니, 이런 산골에 이렇게 글씨를 잘 쓰는 사람이 있다니…….'

이 감사가 신기하게 여기고 곧 통인4에게 박 처사를 안내하여 안으로 들게 했다.

이윽고 박 처사가 천천히 걸어들어오는데 감사가 보니 그 풍채며 인물이 보통 사람 같지 않았다. 급히 당 아래로 내려가서 안으로 맞아들여 인사를 하고 마주 앉은 다음에 처사가 새삼 몸가짐을 바로 하고 말하였다.

"보잘것없는 이 사람은 금강산 골짜기에 살고 있는 박현옥이라 합니다. 산야에 묻혀있는 미천한 몸이 높으신 분을 이렇게 찾아뵙는 것은 마음에 품은 생각이 있어서입니다."

이 감사는 박 처사의 점잖은 거동에 공경하는 마음이 저절로 일어났다.

---

4 통인: 조선 때, 관아의 관장 밑에 딸려 잔심부름을 하던 이속.

"제가 재주와 인품이 보잘것없는 사람으로 분수에 넘치는 성은을 입어 강원 감사라는 무거운 직책을 맡고 여기 왔으나 맡은 바 책무를 다하지 못할까 근심하였습니다. 이제 선생이 저의 우매함을 깨우쳐 주러 오신듯하니 삼가 말씀을 듣고자 하옵니다."

"사또께서 너무 과람하게 말씀하시니 제가 오히려 송구하여 몸 둘 바를 모르겠습니다. 제가 얕은 식견으로 하늘의 이치를 파고들어 따져본즉 사또의 자제분이 저의 딸과 천정배필입니다. 그러나 한 가지 염려스런 바는 제 딸이 용모가 극히 보잘것없고 자질이 천하여 심히 걱정이 되옵니다. 다만 하늘이 정하신 일을 어길 길이 없기에 감히 사또께 말씀을 드리는 것입니다."

감사가 그 말을 듣고 속으로 생각하기에 박 처사는 보통 사람 같이 보이지 않으니 그 하는 말 또한 허무맹랑하지 않을 것이라는 믿음이 갔다. 그래서 선뜻 대답했다.

"선생의 명석한 식견과 따님의 빼어난 자질로 못난 제 아들의 배필을 삼고자 하시는 것은 제 집안의 영광이니 어찌 사양하겠습니까. 말씀대로 따르겠습니다."

박 처사가 얼굴에 기쁜 빛을 가득 담고 말했다.

"존귀하신 사또께서 하잘것없는 촌사람이 드리는 말씀을 한마디에 승낙하시니 감격함을 이기지 못하겠습니다."

이 감사 역시 마음이 흐뭇하고 기뻐서 아들 시백을 불러 처사에게 인사를 시켰다. 시백이 처사에게 두 번 절하고 일어서자 처사도 답례하고 눈을 들어 시백을 바라보았다. 시백의 훤하게 잘생긴 인물과 의젓한 거동 속에 앞으로 명망이 온 나라에 가득 찰 기상이 은은하게 내비쳤다. 처사가 마음에 흡족하여 감사를 보고 말했다.

"혼인날을 아주 정하는 것이 어떻겠습니까."

감사도 좋다고 찬성하여 길일을 택해 잡은 날짜가 다음 해 봄이었다.

이 감사가 하인을 시켜 주안상을 내 오게 했다. 두 사람이 술잔을 나누며 이야기를 나누는 사이 마음에 품은 뜻과 세상을 보는 눈이 서로 통하여 십년지기나 다름없이 되었다. 날이 저물어 처사가 일어나 이 감사에게 하직 인사를 올리고 시백에게도 훗날을 기약한 후 표연히 돌아갔다. 이 감사와 시백은 그 신선 같은 뒷모습을 오래도록 바라보고 서 있었다.

3. 신부를 찾아서

이득춘이 강원 감사 임기가 끝나 한양으로 돌아간 뒤 어느덧 박 처사와 약속한 자식들 간의 혼인 날짜가 다가왔다.

"내가 원주 감영에 있을 때 금강산 박 처사의 딸과 시백을 결혼시키기로 약속한 것을 부인도 이미 알고 계시지 않소? 이제 그 혼인날이 다가오니 내가 시백을 데리고 금강산으로 가서 혼례식을 올리고 오겠소."

득춘이 하는 말에 부인도 당연하다는 듯이 대꾸했다.

"혼인은 인륜지대사1라, 한 번 약속이 중하오니 조심해서 잘 다녀오세요."

득춘이 이튿날 대궐에 들어가 임금을 뵙고 아들 결혼 때문에 금강산에 다녀와야 한다고 말씀을 아뢰었다. 임금은 경사라고 축하하면서 금은 필백2을 하사하였다. 득춘이 은혜에 감사하고 즉시 아들 시백을 데리고 집을 떠나 여러 날 걸려 금강산에 닿았다.

---

1 인륜지대사: 사람이 살아가면서 치르게 되는 큰 행사.
2 필백: 명주실로 짠 옷감.

때마침 봄이 한창 무르녹은 금강산의 경치는 득춘이 강원 감사로 부임해 있었던 일 년 전보다 더 기가 막히게 아름다워 보였다. 산 밑에서 까마득하게 올려다보이는 기묘하게 생긴 봉우리들은 조물주가 이 세상에 있는 모든 물건들의 모습을 본떠 만들어 놓은 듯하고 그 밑의 깊은 계곡에 빼곡 들어찬 꽃나무들에는 울긋불긋 온갖 꽃들이 피어 있어 마치 수놓은 비단 폭을 펼쳐 놓은 것 같았다. 득춘은 일단 박 처사가 산다는 유점사 근처 비취정이 어디쯤인지 알아야겠다 싶어서 마침 눈에 띄는 길 가 주막집으로 들어갔다. 마루에 걸터앉아 주막집 주인을 불러 물었다.

"유점사 근처에 비취정을 아는가? 거기에 박 처사라는 사람이 산다는데……."

그러나 주인은 고개를 저었다.

"이곳에서 삼십 년 넘게 주막을 열고 있지만 비취정이니 박 처사니 하는 말은 처음 듣습니다."

득춘이 고개를 기웃거리다가 문득 생각나서 다시 물었다.

"그러면 혹시 유점 처사라고 하면 알려나? 그런 이름도 쓴다고 했었네."

그 말에 주막 안주인이 눈을 크게 뜨고 남편에게 말했다.

"유점 처사라면 당신도 한 번 본 적이 있다고 했잖아요? 유점사 방장 스님 살아계실 때 당신이 스님 심부름으로 절에 갔다가 스님 방에 두 분이 마주 앉아 바둑 두는 거 봤다면서요?"

그 말에 득춘이 귀가 번쩍 띄어 주막 주인의 얼굴을 바라보니 주막 주인은 어림없다는 투로 고개를 설레설레 저었다.

"그때가 어느 때라고 임자는 호랑이 담배 먹던 시절 얘기를 하고 있나? 그 방장 스님이 칠십 넘을 때까지 사시다가 돌아가신 지가 지금 삼십 년도 넘었네. 그때 내가 본 유점 처사란 분도 나이가 방장 스님하고 비슷했으니 지금은 그분도 돌아가셨을 거라고."

"하지만 돌아가셨다는 얘기도 못 들었잖아요?"

"그거야 그분이 워낙 사람 눈에 안 띄게 살았으니 산속에서 돌아가셨대도 알 사람이 누가 있어? 나도 어렸을 때 돌아가신 방장 스님 심부름차 유점사에 들렀다가 딱 한 번 봤을 뿐인데."

내외가 주고받는 얘기만 들어서는 유점 처사라는 사람이 박 처사와 같은 사람인지 아닌지 알 수가 없었다. 금강산만 찾아오면 박 처사를 쉽게 만날 줄 알았는데 사람들 왕래가 많은 주막집 주인 부부조차 박 처사가 누군지 들어 본 적이 없다니 가뜩이나 뻐근한 다리가 맥이 풀려 더 묵직해졌다. 어쨌든 산속이라 날이 더 빨리 저물어 벌써 어둠 발이 내리기 시작했으니 하룻밤 주막에서 묵어갈 수밖에 없었다.

4. 금강산 선녀라고?

　이튿날 아침 이득춘 부자는 주막집 주인에게 아침밥을 재촉해 먹고 햇살도 퍼지기 전에 일찌감치 산행길에 올랐다. 주막집 주인이 가르쳐준 유점사로 가는 지름길 초입은 동네 나무꾼들이 자주 왕래하며 내놓은 오솔길이었다. 오솔길 멀지 않은 곳에 시냇물이 흐르는지 졸졸거리는 소리와 함께 산새 소리가 들려왔다. 진달래가 흐드러지게 피어 있었지만 눈길도 주지 않고 한참을 부지런히 산길을 오르니 곧 우거진 숲이었다. 숲은 온통 소나무 잣나무 전나무 단풍나무가 우거져 그 사이로 걸어가자니 초록색 동굴 속을 뚫고 나가는 것만 같았다. 나뭇잎을 흔들고 지나가는 바람 소리에 산새 소리가 섞여 들렸다. 큰 바위 작은 바위가 앞길을 막아 멈춰 서서 주변을 둘러볼 때면 아득히 높은 산봉우리에서 떨어지는 폭포수는 대낮에 은하수가 쏟아지는 것 같고, 발아래 내려다 보이는 계곡에는 갖가지 꽃들이 꽃방석을 널어놓은 듯 눈길을 잡아끌어 발걸음을 더디게 했다. 어느새 해가 중천에 떠올랐는데 유점사는 쉽게 나타나지 않았다. 득춘은 강원 감사 시절에 한 번 올라왔던 기억을 더듬어가면서 주막 주인이 일러준

대로 이리저리 산굽이를 돌고 폭포를 지나치고 선녀가 내려와서 목욕할 것 같은 맑은 물이 가득 고여 푸른빛이 도는 소도 지났다. 어느새 해가 산등성이로 뉘엿뉘엿 넘어가려 하고 있었다. 그러나 유점사는커녕 절 비슷한 것도 나타나지 않았다. 마침내 시백이 주저하며 말을 꺼냈다.

"아버지, 우리가 길을 제대로 찾아가고 있는 걸까요?"

"글쎄다. 전에 보던 경치가 아닌 듯해서 긴가민가하다만 내일이 바로 약속한 길일인데 아직 박 처사의 거처를 찾지 못했으니 도로 내려갈 수도 없고……."

한없이 조바심이 나는 판인데 문득 공중에서 학이 날개 치는 소리가 나더니 박 처사가 공중에서 뚝 떨어진 것처럼 홀연히 두 사람 앞에 나타나 반갑게 득춘의 손을 잡았다.

"귀하신 몸이 산야의 천한 사람을 찾으려고 이런 산골짜기까지 오셔서 험한 길에 방황하고 계시니 제 죄가 크옵니다. 저의 집이 여기서 멀지 않사오니 어서 가시지요."

득춘 부자는 어안이 벙벙하고 갑자기 나타난 박 처사가 구세주를 만난 것만 같아 박 처사가 인도하는 대로 다시 산길을 오르기 시작했다. 산길이 험준하여 발을 붙이기도 어려운데 처사의 발걸음은 평지를 걷는 것만 같았다. 산속을 몇 리나 더 걸어 들어간 곳에 소나무와 대나무로 둘러싸인 아늑한 곳이 나왔다. 앞서서 걷는 박 처사를 따라 들어가자 세상에서 보기 드문 향기롭고 예쁜 화초들이 오솔길을 따라 심어져 있었다. '누가 이 꽃들을 이렇게 잘 가꾸어 놓았을까?' 시백은 저절로 그런 생각을 하고 있었다. 설마 근엄하게 생긴 박 처사가 그랬을 것 같지는 않았다. 혹시나 박 처사의 딸이 심은 걸까? 그랬을 것만 같다. 문득 시백이 금강산으로 혼례를 치르러 간다는 소문을 듣고 어려서부터 동문수학1한 허물없는 친구들과 주고받던 농담이 생각났다.

"금강산에서 신부를 데려오는 사람은 우리 중에 시백이 밖에 없을 거야."

"산골 처자들이 산 좋고 물 좋은 곳에서 살아서 인물이 좋다더군."

"산도 그냥 산인가? 천하제일경이라는 금강산 아닌가. 아마도 선녀처럼 예쁠 걸세."

"이 사람 시백이 자네가 금강산 선녀를 아내로 맞이하고 그냥 입 싹 씻고 말 터인가?"

"아무렴, 한 턱을 내도 크게 한 턱 내야지."

친구들의 설레발에 선녀라니 어림없다고 펄쩍 뛰긴 했지만

---

1 동문수학: 한 스승 밑에서 함께 배움.

시백도 은근히 기대하는 마음이 없지는 않았다. 신부 감은 정말 어떻게 생긴 처녀일까? 장인이 될 박 처사가 딸이 아름답지 못하다고 몇 번씩 얘기했지만 시백은 곧이곧대로 듣지 않았다. 겸양해서 하는 말이겠지 싶었던 것이다. 인물 얘기를 자꾸 들추는 것은 아마도 집안은 보잘것없지만 인물은 잘생겼다는 자신감에서 두고 보라는 뜻으로 하는 말이 아닐까 싶기도 했다. 그런 생각으로 꽃길을 걷다 보니 바위틈에 아기자기 피어나 얼굴을 내밀고 있는 꽃들이 자기를 반겨주는 박 처사의 딸처럼 느껴지기까지 했다.

  시백이 꿈길 같은 꽃길을 걷는 사이에 눈앞에 아담하고 깨끗하게 지은 대여섯 칸 되어 보이는 초가집이 나타났는데 그 기둥에 '비취정'이라 쓴 현판이 걸려 있었다.

  박 처사는 초가집 뒤에 따로 지은 외당으로 득춘 부자를 데리고 갔다. 황금빛 잔디가 깔린 뜰 위에서 백학 두 마리가 마주 보고 날개를 활짝 펼쳐 춤을 추고 있다가 인기척을 느꼈는지 천천히 날개를 접고 한옆으로 물러섰다. 마당 가에는 버드나무가 실실이 늘어진 푸른 가지를 드리우고 황금빛 꾀꼬리가 영롱한 소리로 울면서 거문고를 뜯듯이 가지 사이를 누비면서 날아다녔다. 그야말로 신선이 거처하는 곳 같았다. 박 처사가 안내해서 들어간 객실에는 책상 위에 만권이나 되어 보이는 책들이 쌓여 있고,

벽에는 칠현금2이 비스듬히 세워져 있어서 속세의 분위기와는 전혀 다르게 고상하고 품격이 있었다.

　박 처사가 득춘의 부자에게 앉기를 권하여 자리를 정해 앉아 있으려니 하녀가 저녁밥을 차려 내왔다.

　"산속에 나는 거라곤 밭에서 손수 기른 푸성귀와 산에서 캐온 나물밖에 없어 입맛에 거슬리지나 않으실까 걱정 되옵니다."

　박 처사가 겸사하여 말했지만 나물 한 가지라도 깔끔하고 맛깔스러워 진수성찬 못지않게 맛이 있었다. 하루 종일 제대로 먹지도 못하고 산길을 걸은 끝이라 시장이 반찬이기도 해서 득춘 부자는 처음 먹어보는 잡곡밥도 꿀맛 같았다. 저녁 식사가 끝나 상을 물린 다음에 잠깐 담화를 나누고 처사는 안채로 들어가고 득춘 부자는 외당에서 쉬었다.

　이튿날 박 처사가 득춘 부자와 함께 아침을 들고 나서,

　"그러면 이제 두 아이의 혼례식을 올리기로 하지요."

　하였다. 득춘은 곧 시백에게 신랑 옷을 입혀서 내당으로 갔다. 마루 위에는 교배상3이 차려져 있고 그 앞에 신부가 신부복을 곱

---

2 칠현금: 일곱 줄로 된 거문고 비슷한 '금(琴)'의 딴 이름.
3 교배상: 전통 혼례식에서, 신랑과 신부가 술잔을 건네는 식을 올릴 때 차려놓은 상.

게 입고 길고 하얗고 긴 수건을 덮은 두 손을 높이 들어 얼굴을 가리고 서 있었다.

시백은 가슴이 두근거렸다. 저 흰 수건 밑에는 어떤 얼굴이 감춰져 있을까? 예식을 치른 후에 내실에서 나온 아들의 손을 잡고 득춘이 박 처사에게,

"저의 못난 아들을 사위로 삼아 주시니 감사합니다."

하고 인사를 차렸다. 박 처사는,

"아드님의 좋은 인물로 제 딸의 추한 용모를 대하게 하니 송구하여 몸 둘 바를 모르겠습니다. 다만 이것이 사람의 힘으로는 어찌할 수 없는 일인 것을 아는 까닭에 오늘 혼례를 치른 것이니 바라건대 하해 같은 은덕으로 제 딸의 모자람을 용서하시고 슬하에 거두어 주시기를 바랍니다."

하고 대답했다.

"처사께서는 겸양이 너무 심하시군요. 따님의 용모가 선생의 말씀처럼 비록 아름답지 못한 구석이 있을지라도 여자의 도리는 현숙함이 으뜸이요, 생김새가 너무 아름다우면 오히려 미인박명이라 하였으니 선생은 조금도 염려하지 마십시오."

"그렇게 말씀해 주시니 제 마음이 놓이고 기쁘기 한이 없습니다."

박 처사는 감격한 표정으로 술상을 차려 득춘을 대접하였다.

밤이 저물어 신랑 신부가 신방에 들 차례가 왔다. 시백이 아버지 득춘의 인도를 받아 먼저 신방으로 들어갔다. 이제 드디어 신부의 얼굴을 보게 되는가 싶으니 가슴이 더욱더 두근거렸다.

방 안에는 아무도 없는 것이 아마도 시백이 먼저 들어가 앉아서 신부를 기다려야 하는 모양이었다. 시백은 사모관대를 한 채 의젓하게 앉아서 방안을 둘러보았다. 방안은 등잔 불빛으로 은은하게 밝았다. 그 불빛에 비친 방안을 둘러본 시백은 조금 의아했다. 시백이 자라나서 여태껏 보아온 여자 방이라면 어머니의 방이 유일했는데 지금 신부의 방은 어머니의 방과는 너무 달랐다. 어머니의 방에는 으리으리하고 번쩍이는 장롱이 있고 길고 야트막한 문갑 위에는 반짇고리와 화장품을 담은 작은 단지들, 꽃병과 경대 같은 예쁘고 자질구레한 물건들이 얹혀 있기 마련인데 지금 들어와 앉은 방에는 그런 것들이 전혀 눈에 띄지 않았다. 다만 큼직한 책상 위에 책이 산처럼 쌓여 있을 뿐이었다. 박 처사의 딸은 아마도 독서를 좋아하는 모양이었다. 조금 별나기는 하지만 그것도 나쁘지 않다고 시백은 생각했다. 서로 책을 많이 읽으면 마주 앉아서 할 이야기도 많겠지 하는 생각에 속으로 웃음이 지어지기도 했다. 그러면 대체 여자들은 무슨 책을 읽나? 하면서 일어나서 쌓여 있는 책들을 훑어본 시백은 조금 놀랐다.

거기에 있는 책들이 전부 병서였기 때문이었다. 대체 여자가 전쟁에 이기는 법을 써 놓은 병서를 읽어서 무엇에 쓰려는고? 설마 본인이 읽기야 하려고? 외당에 책이 넘쳐 둘 곳이 없으니 잠시 여기에 갖다 둔 거겠지. 그렇게도 생각해 보았지만 여자 방에 여자가 쓰는 물건이 하나도 없다는 게 여전히 의아했다. 아마도 신붓감은 보통 여자가 아닐 것만 같았다. 설마 아버지 박 처사처럼 기인이란 말인가? 시백이 왠지 긴장이 되어서 더욱 몸을 단정히 도사리고 앉아 있는데 등 뒤로 문 열리는 소리가 났다. 드디어 왔구나. 돌아보고 싶어서 좀이 쑤셨지만 남자의 체통을 생각해서 꿋꿋이 그대로 앉아 있었다. 그런데 이상한 냄새가 은근히 코 밑을 파고들었다. 이게 무슨 냄새일까? 꽃향기는 분명 아닌데, 신부는 취미가 별난 것처럼 향수도 별난 것을 뿌리나? 냄새가 점점 짙게 느껴지고 발소리가 가까워지더니 드디어 시백의 눈앞에 신부가 와서 서는 기척이 났다. 시백이 두근대는 가슴을 누르면서 고개를 들어 바라보았다. 그리고 하마터면 뒤로 나자빠질 뻔하였다. 신부의 키가 거의 칠 척은 되어 보여 얼굴을 쳐다보자니 고개가 뒤로 꺾일 지경이었다. 게다가 옆으로 퍼진 허리는 열 아름은 될 것 같았다. 밑에서 위로 올려다보이는 얼굴은 우뚝 솟은 코와 불쑥 내민 이마에다 살빛이 먹이라도 칠한 듯 검어서 더욱 희게 두드러져 보이는 크고 둥근 눈망울이 끔찍하게 흉물스러웠다. 한 다리가 짧은 건지 다리를 절름거리고 두 어깨에는 쌍 혹이 늘어져 가슴을 덮었다. 도깨비나 흑살천신4 같아서 바로보기도 무서운데 몸에서 이상한 냄새가 풍겨 속이 뒤집힐 것 같았다. 시백은 견디지 못하고 방을 뛰쳐나와 숨을 헐떡였다. 외당에 있던 득춘이 이상한 기척을 느끼고 밖으로 나왔다. 어둠 속에 서 있는 시백을 보고 놀라서 물었다.

"너 어찌 신방에 들었다가 도로 나왔느냐?"

"소자가 신방에 들어가 신부를 기다리고 있는데 신부는 오지 않고 웬 시꺼먼 흑살천신 같은 여자가 더러운 냄새를 풍기면서 들어와서 혼비백산하였습니다. 속이 메스꺼워 견딜 수가 없으니 날이 밝는 대로 곧 한성으로 돌아가야겠어요."

득춘이 아들의 말을 듣고 놀랍기도 하고 아들의 태도가 진중하지 못함에 화가 나서 꾸짖었다.

"네 아무리 사람이 변변치 못하고 졸렬하기로 오늘이 부부의 첫날밤이거늘 신부가 비록 외모가 아름답지 못하다 하여도 놀라서 뛰어나오는 법이 어디 있더냐? 여자의 도리는 현숙함이 근본이요, 용모의 아름답고 추함은 상관할 바가 아니거늘 네 어찌 미

---

4 흑살천신: 검은 기운을 지닌 강력한 악신, 또는 악한 기운을 내뿜는 신적인 존재.

색만 취하고 덕을 가벼이 여기는 행실을 보이느냐. 이런 방자한 말은 다시 하지 말고 어서 방에 들어가 부부로서 화평을 이루어라."

시백이 야단을 맞고 꿇어 엎드려 다시 아뢴다.

"좋은 배필을 만나 부모를 편안하게 봉양하고 자녀를 낳아 후사를 잇는 것이 여자의 도리인데, 지금 신부라고 방에 들어온 여인은 그 생김새와 거동이 괴상망측하여 차마 마주 보기가 어려우니, 이는 조물주가 시기하고 하늘이 소자를 밉게 여기는 바라, 비록 하늘의 뜻을 어기고 부모께 불효할지라도 바삐 상경하는 수밖에 없습니다."

득춘이 눈을 부릅뜨고 엄한 목소리로 엄포를 놓았다.

"네가 이렇듯 아비의 뜻을 거스르면 부자지간의 의리를 아예 끊을 것이다."

시백이 부친의 명을 더 이상 거역하지 못하고 다시 신방에 들어갔으나 신부가 보기 싫어서 한 편 구석에 옷을 입은 채 누웠다가 새벽닭이 울기 바쁘게 외당으로 나갔다. 이렇게 하루 종일 외당에서 지내고 날이 저물면 하는 수 없이 신방에 들어가 있다가 날이 밝기 무섭게 밖으로 나오는 식으로 사흘을 지냈다.

사흘 후에 박 씨를 가마에 태우고 여러 날 만에 도착한 집에서는 어느새 잔치가 벌여져 있었다. 득춘 부자가 금강산에 가서 혼례를 치르고 신부를 데리고 온다는 소식을 전해 들은 일가친척들이 먼 곳 가까운 곳 가리지 않고 찾아와서 기다리고 있으니 온 집안에 손님이 가득하였다.

손님들은 시백의 결혼을 축하해 주려는 마음 한편에 신부가 어떤 인물인지 구경하고 싶은 호기심이 가득했다. 동네 사람들까지 문전을 기웃거렸다.

마침내 박 씨가 탄 가마가 활짝 열린 큰 대문으로 들어와 마당 한가운데 놓였다. 손님 치르는 일손을 도우러 온 아낙네들과 엄마를 따라온 아이들이 멀찌감치 둘러서서 호기심 가득한 눈망울을 굴리며 가마 문이 열리기를 기다렸다.

"이제 나온다, 나와."

"금강산 선녀라며? 얼마나 예쁠까?"

수군거리며 목을 빼고 기다리는 사람들 앞에 마침내 박 씨가 모습을 드러냈다. 다음 순간 사람들은 제 자리에 못 박힌 듯이 서서 입을 헤에 벌렸다. 잠시 뒤 어린아이 하나가 놀랐는지 울음을 터뜨렸다. 그 뒤를 이어 나지막한 웅성거림이 일어났다.

"저게 선녀 얼굴이라고?"

"하여간에 보통 사람하고는 다르네……."

시백은 쥐구멍이라도 있으면 들어가고 싶었다.

친영례가 끝나고 신방에 들어간 시백은 금강산에서 사흘 밤을 보냈을 때처럼 방에 깔린 이불 한 귀퉁이를 끌어다가 뒤집어쓴 채 하룻밤을 보냈다.

5. 피화당

 명문가인 이득춘의 집에서 도깨비 같은 얼굴을 한 며느리를 맞았다는 소문이 한성 안에 짜하게 퍼졌다. 소문은 득춘 부부 귀에까지 들어가서, 득춘은 그저 못마땅한 표정으로 혀를 쯧쯧 차고 말았지만 부인은 속이 상해 몸져누울 지경이었다. 남편과 마주 앉기만 하면
 "서울의 명문대가[1] 따님 중에 우리 시백이와 짝이 될 만한 신붓감이 모두 동이 났답니까? 시백이한테 어울리는 아리땁고 현숙한 며느릿감도 많거늘 구태여 멀고 깊은 산중으로 찾아가 저런 괴상한 인물을 며느리로 데려다가 남의 우세를 시키시다니요."
 하고 원망하였다.
 "애초에 부인께서도 한번 맺은 언약이 중하다고 나와 시백을 금강산에 가서 혼례를 치르고 오라고 하지 않으셨소?"
 득춘의 한 마디에 부인은 열 마디 스무 마디를 늘어놓았다.

---

1 명문대가: 훌륭한 문벌의 큰 집안.

"그때는 그저 보잘것없는 가문에 가난한 집 딸일 줄로만 알았지요. 저도 그 정도는 참아줄 아량이 있어요. 설마 금강산 정기라도 타고났을 테니 인물이야 어련하랴 했지요. 그런데 저 인물이 뭐랍니까? 게다가 덩치가 산만 하니 뱃구레가 커서 먹기는 또 얼마나 먹어대는지 부엌일 하는 하녀들 얘기가 하루에 한 말 밥을 먹는다고 합니다. 며느리가 아니라 식충이가 들어왔어요."

"아무리 절대가인을 며느리로 삼는다 해도 여자로서 지켜야 할 도리를 모르면 어찌 집안이 화목할 수 있겠습니까? 비록 인물이 빼어나게 아름답지 못하다 해도 인품이 훌륭하고 덕이 있으면 가족 간에 화목하여 길이 복록을 누리게 될 터이니 조금만 더 두고 보세요."

득춘이 다독였지만 부인의 불만은 커지기만 했다.

"저는 세상 소문도 창피하고 시백이한테 못 할 노릇 시키는 것 같아서 더 이상 못 참겠습니다. 저런 괴상한 아이는 제가 왔던 산속으로 돌려보내고 새며느리를 들입시다."

처음부터 박 씨의 얼굴을 보고 기겁을 한 시백이야 더 말할 것도 없었다. 박 씨를 금강산으로 쫓아 보내고 싶은 생각이 굴뚝같았지만 아버지가 두려워 내색을 못 할 뿐이었다. 대신 박 씨가 거처하는 방에는 일절 발걸음하지 않고 과거 공부를 핑계 삼아 밤마다 혼자 외당에 나가 글공부를 하다가 자곤 했다.

집안의 하인들도 박 씨를 업신여기고 뒤돌아서서 흉을 보았다. 그런 꼴을 보는 득춘은 마음이 괴로웠다. 하인들이 박 씨에게 함부로 대하는 것을 꾸짖고 박 씨의 편을 들어줄 사람은 오직 시어머니 한 사람뿐인데 득춘의 부인은 하인들의 그런 짓거리를 못 본 척하고 오히려 고소하다는 듯이 돌아서서 웃음을 짓는 기색이었다. 득춘은 점잖은 체면에 며느리를 두둔한다고 직접 나서서 하인들을 꾸짖을 수도 없어 냉가슴을 앓았다.

남편과 시어머니에게 냉대받고 하인들의 업신여김까지 당하면서도 박 씨는 시부모에게 한결같이 공손하고 예절 발랐고, 하인들을 온화한 얼굴로 대했다. 불평스럽다거나 서러워하는 기색이 전혀 없었다. 과연 아버지인 박 처사의 가정교육을 잘 받았다고 할만했다. 그렇듯 인품이나 행동거지가 나무랄 데 없는 박 씨가 생김새 하나 때문에 수모와 설움을 당하고 사는 게 득춘은 안쓰러웠다.

그러던 어느 날이었다. 평소와 다름없이 시백 부부가 부모에게 아침 문안을 드리러 왔다. 문안과 함께 절을 하고 시백은 얼른 일어섰으나 박 씨는 무슨 할 말이 있는 듯이 고개를 숙이고 머뭇거렸다. 시어머니가 그러는 박 씨를 왜 빨리 나가지 않느냐는 표정으로 곱지 않게 바라보았지만 득춘은 자애로운 웃음을 띠고 부드럽게 물었다.

"아가, 무슨 할 말이라도 있느냐. 시부모도 부모인데 부모 앞에 숨기고 말 못 할 일이 무엇 있겠느냐. 마음속에 품은 말이 있거든 다 말해 보아라."

박 씨가 잠시 뜸을 들이다가 공손하게 대답하였다.

"제가 타고난 자질과 덕이 부족한 몸으로 훌륭한 가문에 들어와 어지신 시부모님께 심려를 끼쳐드리고 있으니 죄송스러워 어찌할 바를 모르겠습니다. 게다가 생김새마저 괴상하고 추하여 보는 사람들이 다 놀라고 꺼리니 마음이 편치 못하옵니다. 따로 거처할 곳을 마련해 주시면 그 속에서 나오지 않고 숨어 있고 싶습니다."

득춘이 그 말을 듣고 보니 가엾기 짝이 없어서 즉시 사람들을 불러 후원에 작은 초당 한 채를 짓도록 했다. 지붕은 짚으로 이었고 마루 양옆으로 방이 둘 있었다. 하나는 박 씨가 거처할 방이어서 세간이 놓였고 아무것도 없이 몸 하나 눕힐 정도로 작은 방은 박 씨의 시중을 들 하녀의 몫이었다.

초당이 완성된 날 득춘이 몸소 박 씨를 데리고 가서 보여주고 마음에 드는지 물었다. 박 씨는 감격해서 초당 마루에 올라앉은 시아버지께 감사의 큰절을 올렸다.

"제 마음에 꼭 드는 집이옵니다. 한 가지 더 청이 있사온데 아버님께서 글씨 쓰시는 질 좋은 상등 종이 한 장을 내려 주시기 바랍니다."

"종이야 얼마든지 줄 수 있다마는 무엇에 쓰려고 그러느냐?"

"이처럼 훌륭한 집에 어울리는 현판 글씨를 한 번 써 보고 싶사옵니다."

"우리 며늘아기가 부덕만 높은 줄 알았더니 글씨도 잘 쓰는 모양이구나. 따라오너라. 글씨 잘 써지는 좋은 종이가 있느니라."

득춘은 박 씨를 데리고 사랑으로 갔다. 사랑에 쌓아둔 종이 중에서 제일 좋은 종이 한 장을 뽑아 주었다.

"어디 네 글씨 쓰는 솜씨를 한 번 보자꾸나."

득춘은 왠지 흥이 나서 앞으로 박 씨를 모실 계화라는 어린 하녀를 불러서 좋은 먹과 벼루와 붓을 들고 뒤따르게 하고, 종이를 든 박 씨를 앞세우고 다시 초당으로 갔다.

박 씨가 초당2 마루에 다소곳이 앉아 계화에게 먹을 갈라고 하더니 득춘이 준 종이를 마루 위에 넓게 펴고 큼직하게 한자로 '피화당'이라고 썼다. 한문 글씨를 어찌나 잘 쓰는지 획을 하나씩 그을 때마다 꿈틀대는 용이 되어 하늘로 날아 올라갈 듯하였다. 득춘은 놀랍고도 기뻤다.

"우리 며느리가 세상에 둘도 없는 명필이로다. 아버지의 재주

---

2 초당: 집의 원채 밖에 억새·짚 등으로 지붕을 인 조그마한 집채.

를 그대로 물려받았구나."

입에 침이 마르게 칭찬하였다. 박 씨가 부끄러운 표정으로 소리 없이 웃다가 글씨 쓴 종이를 두 손으로 펴서 한번 흔들었다. 그러자 놀랍게도 종이가 변하여 그대로 글씨가 새겨진 현판이 되었다. 득춘이 더욱 놀라 입을 딱 벌린 채 말을 못 하다가 한참 만에야,

"우리 며느리가 그 아버지 못지않은 기인인 줄을 이제 비로소 알겠노라."

하였다. 그리고 하인에게 명하여 그 현판을 초당 마루 위에 달게 하였다.

그때부터 박 씨는 시아버지의 허락을 받고 초당 주위에 묘목을 빼곡하게 심고 아침저녁으로 물을 주어 정성껏 가꾸었다.

득춘의 부인은 며느리 박 씨가 초당에서 혼자 지내면서 매일 무얼 하는지 궁금해서 나이 든 하녀에게 가서 보고 오라고 시켰다. 하녀가 초당에 가서 가만히 엿보고 와 본 대로 아뢰었다.

"매일 나무에 물을 주고 계십니다."

득춘의 부인은 화가 나서 며느리 들어보란 듯 큰 소리로 야단을 쳤다.

"양반집 며느리가 할 일이 없으면 조신하게 방에 들어앉아 바느질하거나 수를 놓을 일이지, 어디 상놈 일꾼처럼 함부로 밖에

나와 나무에 물을 주고 있단 말이냐. 아마도 밥을 잔뜩 먹고 소화가 잘 안되어서 그러는 모양이니 앞으로는 밥을 적게 주어라."

부엌일 맡은 하녀는 마님의 분부대로 계화에게 초당에 내가는 밥을 반 그릇씩만 담아 가게 하였다. 계화는 박 씨가 가엾어서 제 몫으로 나오는 보리밥이라도 박 씨의 그릇에 덜어주려 하였지만 박 씨는 웃으면서 받지 않았다. 그러면서,

"너는 어리지만 참으로 심성이 곱고 영리하구나. 앞으로 너를 가르쳐서 크게 쓰도록 해야겠다."

하였다.

박 씨가 초당에 거처하면서 나무를 심어 가꾼 지 두세 달 만에 초당 주변은 울창한 숲을 이루었다. 조그마한 초당이 나무에 가려 보이지 않을 정도였다. 그뿐 아니라 늦가을이 되어도 잎이 뾰족한 상록수들은 물론이고 넓은 잎을 가진 나무들도 단풍이 들거나 낙엽이 지는 일 없이 푸르고 무성하였다. 사람들은 모두 박 씨가 보통 사람이 아니라고 혀를 내두르며 신기해하였다.

득춘이 사람들 얘기를 듣고 후원에 와 보니 과연 소문대로가 아닌가.

"나는 네가 후원을 가꾼다기에 꽃나무나 심을 줄 알았더니 꽃은 안 보이고 짧은 동안에 아름드리나무들이 울창한 숲을 이루게 해 놓았으니 뜻밖이로다. 네가 글씨만 잘 쓸 뿐 아니라 숨겨진

재주가 무궁무진한 모양이다. 내가 지난번에는 네 글씨 쓰는 재주에 놀라서 미처 물을 것을 잊었다마는 당호를 하필 여인네답지 않게 피화당이라 한 것도 무슨 깊은 뜻이 있는듯하니 얘기해 보아라."

득춘이 묻는 말에 박 씨가 단정히 한 무릎을 꿇고 앉아 대답하였다.

"길흉화복3은 사람 사는 세상에 늘 있는 일이옵니다. 나중에 환란이 닥쳤을 때 이 나무들이 그 방패막이가 되겠기에 심은 것이옵니다."

"환란이 있다 하면 어떠한 환란 말이더냐."

"하늘의 이치로 정해진 일이니 경솔하게 말씀드릴 수 없사옵니다."

"그러면 이 초당도 화를 피하는 집이란 뜻이니, 결국 환란이 닥쳤을 때 피난처가 되는 집이라는 뜻이겠구나."

"그렇사옵니다."

득춘은 더 캐묻지 않고 고개를 끄덕였다.

---

3 길흉화복: 좋은 일과 나쁜 일, 행복한 일과 불행한 일을 아울러 이르는 말.

6. 하룻밤 사이에 조복을 짓다

 임금이 득춘에게 참판이었던 벼슬을 정2품 판서로 올린다는 전교를 내렸다. 득춘 부부는 기쁜 중에도 근심에 휩싸였다. 전교를 받은 다음 날 바로 입궐해서 임금에게 하례를 드려야 하는데 그때 입을 새 조복을 지을 시간이 하룻밤밖에 없었던 것이다.
 "단 하루 만에 새 조복을 어찌 마련하겠소?"
 "조복을 짓는 거야 사람들을 여러 명 동원해서 어찌해 본다고 하지만 흉배에 놓는 수가 문제입니다. 뛰어나게 솜씨가 좋을 뿐 아니라 빠르기까지 해야 하는데 아무리 빨라도 하룻밤에 다 해내기는 어렵지요."
 득춘 부부가 걱정스레 주고받는 이야기가 하인들 귀에 들어갔다. 하인들도 걱정스러워 끼리끼리 모여 앉아 수군거리는 것을 마침 계화가 지나가다 들었다. 계화가 어린 마음에도 주인댁에 무슨 큰일이 난 것 같아 곧 초당으로 와 박 씨에게 말했다.
 "대감마님께서 높은 벼슬에 올라 내일 상감마마를 뵈러 대궐에 들어가셔야 하는데 조복 지을 사람이 없어서 큰일이래요."
 박 씨가 그 말을 듣고도 별로 걱정스러운 빛도 없이 태연하게,

"그러면 네가 안에 가서 조복 지을 감을 주십사 해서 내게 가져오렴."

하였다. 계화가 곧 안채에 들어가 이 참판 부부에게 박 씨의 말을 전하였다. 그러자 부인이 버럭 역정부터 냈다.

"밥 먹고 할 일 없이 나무에 물이나 주는 위인이 언제 바늘귀나 한번 꿰어 봤겠느냐. 주제넘게 저도 며느리랍시고 걱정하는 체하는구나. 조복 지을 옷감을 내주면 못 쓰게 만들기 십상이지."

그러나 득춘은 달랐다. 필시 며느리에게 무슨 신기한 수가 있겠거니 싶어 부인의 반대를 무릅쓰고 하녀를 시켜 조복[1] 지을 옷감을 초당으로 보냈다. 박 씨가 도와줄 사람이 필요하다 하여 침모에게 두어 사람을 딸려 함께 보내 주었다. 박 씨가 그 사람들에게는 옷을 마름질해서 꿰매는 일을 시키고 자신은 조복 가슴과 등판에 붙이는 흉배를 맡았다. 보통 사람은 관복의 흉배에 놓는 수를 완성하려면 한 장에도 여러 날이 걸리는데 박 씨는 흉배 두 장을 하룻밤 새에 완성하려는 것이었다.

박 씨가 조복의 가슴 쪽 흉배에는 봉황을 수놓고 등 쪽 흉배에는 쌍학을 수놓는데 그 솜씨가 놀라웠다. 봉황이 살아서 흉배 안

---

[1] 조복:관원이 조정에 나아가 하례할 때에 입던 예복.

에서 춤을 추고 한 쌍의 학은 금방이라도 흉배 밖으로 날아 나올 것 같았다. 그뿐 아니라 그 손길이 어찌나 빠른지 저녁 먹고 앉아서 시작한 것이 이튿날 새벽닭이 울기 전에 흉배 두 장을 완성하였다. 닭이 우는 소리와 함께 바느질꾼들의 바느질도 끝나서 조복의 앞뒤에 흉배를 달고 나니 하룻밤 새에 조복 한 벌을 완성한 것이었다.

이제는 이 판서가 된 득춘이 며느리가 가져온 조복을 입어보고 흡족해서 부인을 보고 말했다.

"우리 며느리가 흉배에 수까지 이렇게 잘 놓을 줄 몰랐습니다. 이런 수는 사람이 아닌 신선이 놓은 것 같소."

그러나 남편 따라 덩달아 벼슬이 오른 부인은 시큰둥한 표정으로 혼잣말처럼,

"굼벵이도 뒹구는 재주가 있다더니."

하고 피식 웃었다.

이 판서가 임금께 하례하러 대궐에 들어가니 동료 벼슬아치들이 모두 조복 지은 솜씨를 칭찬하는데, 임금 역시 감탄하는 눈길로 바라보다가 조복을 지은 사람이 누구냐고 물었다. 이 판서는 사실대로 '소신의 며느리가 지었나이다.' 하고 대답했다. 그러자 임금이 의아한 얼굴로 물었다.

"그렇다면 저렇듯 훌륭한 솜씨를 가진 며느리를 어찌 배고픔

에 시달리며 독수공방케 하느뇨?"

그 말을 들은 이 판서는 너무 놀라고 당황하여 등에 식은땀이 흘렀다. 당장 땅에 꿇어 엎드려 떨리는 목소리로 아뢰었다.

"소신의 집안일로 전하께 심려를 끼쳐드리니 황송하기 짝이 없사옵니다. 하오나 소신이 미욱하여 전하의 말씀하시는 뜻을 잘 헤아리지 못하겠나이다. 하교하여 주소서."

"경의 조복을 보니 뒤에 붙인 청학 한 쌍은 신선이 사는 곳을 떠나 망망한 푸른 바다 위를 떠돌며 굶주리는 형상이요, 앞에 붙인 봉황새는 짝을 잃고 우는 빛이 역력하여 짐작해 보았노라."

이 판서는 더욱 송구하여 어쩔 바를 몰랐다.

"자식이 아비의 가르침을 듣지 아니하고 부부간 화락하지 못하니 소신의 불찰이옵니다. 하오나 며느리가 배고파하는 줄은 꿈에도 몰랐사옵니다."

"경은 매양 조정 일에 골몰하니 집안에서 일어나는 작은 일까지 어찌 알겠소. 그러하나 내가 지금 경의 며느리가 수놓은 솜씨를 보니 바늘땀 하나에도 기개와 힘이 엿보여 영웅의 기상이 있소. 앞으로 크게 쓰일 곳이 있을듯하여 내가 오늘부터 특별히 경의 며느리 앞으로 하루에 백미 세 말을 내려 줄 것이니, 한 끼에 한 말씩 밥을 지어 먹이시오. 또한 경의 집안사람들이 박대하지 않도록 각별히 주의를 주기 바라오."

임금이 이런 분부까지 내리니 이 판서는 온몸에 식은땀이 흘러 새로 지은 조복 등판이 축축해질 지경이었다. 집에 돌아오는 즉시 시백을 불러 앉히고 꾸짖는다.

"부모 마음을 편하게 하는 것은 자식의 효성이요, 임금의 마음 편케 하는 것과 나라가 태평하고 백성을 잘살게 하는 것은 모두 신하의 충성이라. 아비 말을 하찮게 여기고 네 마음대로 하여 아비로 하여금 전하께 황송한 말씀을 듣게 하고 또 여러 동료들의 눈총을 받게 하니 이는 다 자식의 불효로다. 너 같은 자식을 무엇에 쓰겠느냐."

아버지의 추상같은 호령에 시백이 엎드려서 고개를 못 들고 변명하였다.

"소자가 불효하여 아버지께서 전하의 황송한 처분과 대신들의 눈총을 받으시게 하였으니 죄송하기 짝이 없사옵니다. 하오나 이다지 질책하시는 연유가 무엇인지 알지 못하겠습니다."

이 판서가 한동안 화를 삭이지 못하여 숨만 거칠게 들이쉬고 내쉬다가 겨우 진정하고 타이른다.

"사람이 외양만 번듯하고 속에 든 것이 없으면 허깨비나 마찬가지요, 보기에는 비록 아름답지 못하더라도 타고난 자질이 훌륭하고 덕이 있어 내면의 아름다움을 갖추면 비로소 사람답다 할 것이다. 너는 어찌하여 그런 이치를 깨닫지 못하고 한갓 예쁜 것만 찾아서 아내를 박대하느냐. 이번에 조복을 지은 일만 하여도 뛰어난 재주로 수고로움을 마다하지 않고 아비의 곤경을 면케 하였거늘 고마운 줄이나 알고 있느냐. 앞으로 다시는 아내를 박대하지 말거라. 네가 내 말을 거역하면 나라에 불충이요, 부모에게 불효하는 것이다."

시백은 속이 뜨끔하면서도 한편으로는 아버지께 야단맞게 하는 박 씨가 한층 더 미운 생각이 들었다.

저녁 식사가 끝난 후 시백은 다른 날과 마찬가지로 외당에 가서 글을 읽기 시작했다. 혼자서 글을 읽다가 잘 속셈이었다. 그런데 얼마 안 있어 이 판서가 외당으로 나와 마주 앉아 글을 읽기 시작하는 것이 아닌가. 시백이 읽고 있는 책이 무엇인지 찾아내어 똑같은 대목을 같이 청을 높여 읽기 시작하니 외당 마당에 때 아닌 이중창이 울려 퍼졌다. 시백은 당황스럽기도 하고 거북하기도 했다. 결국 자리에서 일어서니 이 판서가 고개를 들고 '어디엘 가려느냐?' 물었다.

"후, 후원으로 가옵니다."

시백이 모깃소리로 대답했다. 이 판서가 말없이 고개를 끄덕였다. 시백은 불만에 가득 차서 양 볼을 잔뜩 부풀린 채 후원으로 갔다. 후원에는 초입부터 나무가 빽빽이 들어차서 심심산골에 들어온 것 같았다. 시백은 저도 모르게 박 처사의 집을 찾아 금강산을 헤매던 생각이 났다. '그때도 사람을 무던히도 고생시키더니…….' 속으로 툴툴거리면서 좌우를 둘러보았다. 나무 사이로 반짝반짝 작은 불빛이 새어 나오고 있었다. 불빛을 향해 숲을 헤치고 나아가니 작은 초당이 나타났다. 시백은 발걸음 소리를 죽여 살금살금 다가가서 초당 마루에 걸터앉았다. 방에 들어갈 생각은 꿈에도 없고 그대로 마루에 앉아 밤을 새울 생각이었다. 멀거니 하늘에 뜬 별을 세고 있는데 어디선가 박 씨의 목소리가 들렸다.

"방에 들어가 편히 주무시지요."

낮았지만 박 씨의 음성이 틀림없었다. 시백은 깜짝 놀랐다.

"내, 내가 지금 감사 인사를 하러 왔어요. 부친께서 입궐하실 때 입으실 조복을 짓느라 수고를 많이 했다고 들어서."

"조복을 지어 드린 것은 며느리로서 당연히 해야 할 일을 했을 뿐이오니 감사란 당치 않습니다. 그리고 저는 지금 계화의 방에 있사오니 안심하시고 방에 들어가 편히 쉬세요. 날씨가 찬데 마루 끝에서 밤을 새우시다 고뿔이라도 드실까 염려되옵니다."

시백이 긴가민가하면서 마루로 올라가 방문을 여니 과연 빈방에 이부자리가 펴져 있고 박 씨는 보이지 않았다. 머리맡에 촛불만 깜빡거렸다. 대체 박 씨는 내가 오늘 밤에 초당에 올 줄 어떻게 알고 미리 이부자리를 펴놓고 계화의 방으로 몸을 피한 것일까? 시백은 아버지 이 판서가 박 씨의 현판 글씨를 칭찬하고 더욱이나 글씨 쓴 종이가 저절로 현판으로 바뀌었다고 말했을 때도 곧이듣지 않았다. 그저 박 씨를 두둔한다고 하시는 말씀이라 생각했었는데 지금 시백이 오는 것을 미리 알고 계화의 방으로 피했다고 생각하니 박 씨에게 정말 신통력이라도 있는 것일까 싶었다.

임금이 쌀을 내려 주어서 이 판서 집에서는 박 씨에게 끼니마다 한 말 쌀로 지은 밥을 힘센 하녀들이 초당으로 날라 왔다. 아주 솥째 밥을 날라 온 것을 보고 박 씨가 어이없어하였다.

"내가 이 많은 밥을 한 끼에 어떻게 다 먹는다는 말이냐? 상감마마께서 그리 말씀하신 것은 나를 능멸하거나 업신여기지 말라고 위엄을 보이신 것이니라. 내가 먹는 양은 한 끼에 두 그릇으로 족하니 나머지는 도로 가져가거라."

그리고 계화가 하인들과 함께 밥을 먹으러 가려 하자 불러 앉히고 말했다.

"계화는 여기서 나와 함께 겸상으로 먹자. 오늘부터 너는 내 동생이니 언니와 마주 앉아 밥을 먹는 것이 이상할 것이 없느니라."

계화가 깜짝 놀라 하녀 신분으로 감히 그럴 수 없다 하니 박 씨가 웃으면서 말했다.

"그렇게 놀랄 것 없다. 내가 그동안 너를 지켜보니 심성이 바르고 영리해서 잘 가르치면 훗날 내게 요긴하게 쓰일 일이 있을 것 같아 그런다."

"저같이 천한 것에게 가르칠 것이 무엇이 있겠습니까?"

"사람이 처음 세상에 태어날 때는 귀천의 구별이 없느니라. 너라고 하녀 노릇만 하라는 법이 있겠느냐? 너는 영리하고 이해심이 많으니 살아오는 동안 보고 듣고 생각한 것이 많으리라. 그중에서 배우고 싶었던 것이 있을 터이니 말해 보렴."

"정말 제 생각대로 말씀드려도 괜찮을까요? 너무 당돌하다 꾸짖으실까 두렵사옵니다."

계화가 망설이는 것을 박 씨가 몇 번씩 괜찮다고 다독거린 다음에야 계화는 비로소 속에 있는 말을 털어 놓았다.

"저는 아씨를 따라 무술을 배우고 싶어요. 저는 그동안 아씨께서 남몰래 숲속에 들어가 칼을 휘두르시거나 나무 위를 날아서 옮겨 다니시는 것을 몰래 훔쳐보곤 하였지요. 그렇게 마음껏 활개를 치시는 아씨가 부러워서 아무도 보지 않을 때 나무도 타 보고 작은 가지를 꺾어 들고 휘둘러도 보곤 했습니다. 제 외람된 행동을 꾸짖으신다면 달게 벌을 받겠어요."

계화가 양 볼을 발그레 물들이고 눈을 빛내며 말을 끝내자 박 씨가 귀여운 듯 바라보며 말했다.

"내가 네 그런 모습을 보고 쓸 만하다고 생각했던 것이다. 네가 원하는 것은 뭐든 가르쳐 줄 테니 내 말을 따르라."

그때부터 계화는 박 씨와 한 상에서 같은 음식을 먹고 나무숲 속에 숨어 박 씨에게 검술과 축지법을 배웠다.

7. 말값이 삼만 팔천 냥

하루는 박 씨가 시백과 함께 이 판서 부부에게 아침 인사차 들어 왔다가 드릴 말씀이 있다고 하였다. 이 판서가 무슨 말인지 해 보라고 하자 박 씨가 아뢰었다.

"지금 집안 형편이 어렵지는 않으나 풍족하지도 못 하옵니다. 저에게 한 가지 방책이 있사온데 한 번 시험해 보고자 합니다."

"그 방책이란 것이 무엇이냐?"

"내일 종로 시장통에 온갖 장사꾼들이 모여드는 중에 마장도 서서 각처 사람들이 말을 팔려고 모여들어 있을 것이옵니다. 그곳에 하인들을 보내시어 잘 살펴보고 여러 말 중에 비루먹고 파리하여 아무도 거들떠보지 않는 말이 있거든 돈 삼백 냥을 주고 사 오게 하소서."

터무니없는 말에 시백은 놀란 눈으로 박 씨를 바라보았고, 이 판서 부인은 말도 안 되는 소리를 한다면서 펄쩍 뛰었다. 그러나 이 판서는 박 씨가 그런 말을 하는 데에는 무슨 깊은 속내가 있으려니 하고 말없이 고개를 끄덕였다.

다음 날 아침 이 판서는 젊은 남자 하인 중에서 평소 영리하다고 생각한 갑돌이와 을쇠를 불러서 삼백 냥을 내주면서 분부를 내렸다.

"지금 곧 종로에 가서 마장 선 곳을 둘러보고 여러 말 중에 비루먹고 파리한 말이 있거든 이 돈 삼백 냥을 주고 사 오너라."

말을 사 오라는 분부는 이상할 것이 없지만 하필이면 비루먹고 파리한 말을 사 오라니 하인 두 사람은 행여나 잘 못 들은 것이 아닐까 싶어 되물었다.

"비루먹고 파리한 말이라 하셨습니까?"

"그렇다. 긴히 쓸 곳이 있어서 그러니 꼭 비루먹은 말을 사 와야 한다."

이젠 더 물어볼 필요도 없었다. 갑돌이와 을쇠는 '예에' 대답하고 물러났으나 대문을 나서자마자 서로 마주 보며 고개를 갸우뚱거렸다.

"대체 삼백 냥씩이나 주고 비루먹은 말을 사서 무엇에 쓰시려고 그러실까?"

"난들 아나. 우린 그저 상전[1] 분부니 그대로 따르는 수밖에……."

---

1 상전: 예전에, 종에 대해 그 주인을 일컫던 말.

가게들이 즐비하게 늘어선 종로 거리에는 난전을 펴 놓은 장사치들까지 길목을 막고 있어서 매우 번잡하였다. 갑돌이와 을쇠는 주변에는 눈길도 주지 않고 곧바로 마장 선 곳을 찾아갔다. 말을 팔려는 사람과 사려는 사람, 거기에 거간꾼이 사이에 들어 흥정을 붙이느라고 마장 역시 북새통을 이루고 있기는 마찬가지였다. 어디를 둘러보나 미끈하고 튼튼한 말들뿐인 속에서 비루먹은 말을 찾아 헤매고 있다니, 하인 두 사람은 자기들이 바보가 된 느낌이었다.

 "거참, 개똥도 약에 쓰려면 없다더니 여긴 맨 힘세고 튼튼해 보이는 말들뿐이니 비루먹은 말 같은 건 눈을 씻고 봐도 없네그려."

 "말 주인이 말값을 한 푼이라도 더 받으려고 잘 먹이고 잘 씻기고 솔질 쓸쓸 해서 끌고 나온 말들이니 당연하지 않은가? 우리가 아무리 두 다리에 가래톳이 서도록 다리품 팔고 돌아다녀 봤자 말짱 헛일일 것 같네."

 그러면서도 두 사람은 상전의 분부를 어길 수 없어 아픈 다리를 끌고 돌아다니다 못해 한창 말 한 마리를 놓고 흥정을 붙이고 있는 거간꾼 한 사람을 붙잡고 물어보기까지 했다.

 "여기 있는 이 많은 말 중에 혹시 비루먹고 비실거리는 말은 보지 못하셨소?"

 거간꾼은 이게 웬 미친놈들인가 하는 표정으로 잔뜩 흘겨보더니 대꾸도 하지 않고 고개를 돌려 하던 흥정에 달라붙었다. 갑돌이가 슬그머니 을쇠의 소매를 잡아끌고 한옆으로 물러나서 말했다.

"여보게 아무리 상전 분부가 추상같다 해도 우리가 없는 말을 만들어낼 수야 없지 않은가? 그만하고 돌아가서 그런 말은 없었다고 여쭙는 수밖에 없겠네."

"하기는 배도 고프고 다리도 아프구먼."

두 사람이 풀이 죽어서 어깨를 늘어뜨리고 시장통을 거의 다 빠져나오려는 순간, 을쇠의 눈이 번쩍 빛났다.

"여보게 저기 좀 보게. 저기 우리가 찾는 말이 한 마리 있긴 있네."

"응? 어디 어디 말인가?"

갑돌이가 정신이 번쩍 들어서 을쇠가 손으로 가리키는 쪽을 바라보았다. 마장을 지나 옹기전이 이어지다가 그마저 끝나가는 외진 곳에 중늙은이 하나가 질그릇 몇 개를 늘어놓고 앉아 있었다. 그리고 그 옆 빈 지게 다리에 망아지 한 마리가 매어져 있는데 살가죽과 뼈가 서로 딱 달라붙을 만큼 마른 데다가 옆구리 털이 다 빠지고 파리한 것이 걸음도 제대로 못 걸을 것 같은 몰골을 하고 있었다. 이 판서가 붙인 조건에 딱 들어맞는 망아지라고 할만했다. 갑돌이와 을쇠는 서로 마주치는 눈빛만으로 마음이 통하여 옹기장수 앞으로 바삐 다가갔다. 옹기장수가 점심 삼아 걸친 막걸리 한 사발에 녹작지근해져서 지게 옆에 퍼더버리고 앉아 있다가 이 판서 댁하인들이 다가가자 앉은 자리에서 고개만 쳐들었다.

갑돌이가 다짜고짜 망아지를 가리키며 말했다.

"저 망아지 팔지 않겠소?"

옹기장수는 얼떨떨한 표정으로

"살 사람 있으면 팔려고 끌고 나오기는 했소만……."

하고 자세를 바로잡았다. 이번에는 을쇠가 나섰다.

"우리한테 파시오. 얼마면 되겠소?"

옹기장수가 여전히 얼떨떨한 표정을 지우지 못한 채 더듬더듬 말을 늘어놓았다.

"애초에 내가 옹기 짐이나 지울까 해서 저놈을 살 때 여덟 냥을 주었는데, 어쩐 일인지 옹기 짐 지기를 죽어라 싫어하고 억지로 실었더니 벌렁 나자빠져 그릇을 다 깨 먹고 손해가 막심했다오. 한 차례 호되게 채찍질했더니 그다음부턴 여물을 줘도 안 먹고 결국은 저 꼴이 되었지 뭐요. 여덟 냥 본전을 다 받아도 깨먹은 옹기 값은 그냥 날아가는 게지만 꼴이 저 모양이니 사려거든 닷 냥 주고 데려가시오. 지금은 저래도 처음 살 때는 제법 팔팔하니 총기 있어 보였다오."

"다섯 냥이 아니라 삼백 냥 줄 테니 우리한테 파시오."

옹기장수는 그렇게 말한 갑돌이를 빤히 바라보다가 화를 벌컥 냈다.

"지금 누굴 놀리는 거요? 실없는 소리 말고 어서 갈 길이나 가시오."

"그게 아니라 우리 대감마님 분부가 꼭 저렇게 생겨 먹은 망아지를 삼백 냥을 주고 사 오라고 하셔서 그러는 거요. 여기 이렇게 돈 꾸러미를 차고 있지 않소. 의심 말고 삼백 냥 받고 파시오."

"글쎄 난 양심상 그렇게는 못 하오. 정 그렇다면 본전 여덟 냥이나 주고 데려가든지……."

실랑이가 길어지자 을쇠가 슬그머니 갑돌이의 소매를 잡아끌고 인적이 없는 후미진 곳으로 끌고 가서 목소리를 낮추어 말했다.

"사람 참 빡빡하네. 자네는 사람은 좋은데 너무 꼭 막혀서 탈이야. 그냥 여덟 냥 주고 사서 대감께는 삼백 냥 다 주고 샀다고 하면 되지 않나."

"그러면 남는 돈은……?"

"아따 돈이 없어서 탈이지 있어서 탈인가? 남는 돈은 그냥 우리 둘이 심부름 값으로 나누어 가지세. 우리 둘만 입 다물면 알 사람이 누가 있나?"

갑돌이가 처음에는 망설였지만 을쇠가 거듭 어르고 달래는 바람에 결국 넘어가고 말았다.

두 사람이 여덟 냥에 산 망아지를 끌고 돌아가 이 판서에게 보이자 이 판서는 곧 후원으로 말을 끌고 가 박 씨에게 보였다. 박 씨가 초당 밖으로 나와 말을 가만히 바라보더니 말했다.

"망아지는 제가 생각한 바에 합당하나 값을 제대로 주고 사 온 것이 아니라 쓸모가 없겠습니다. 하인들에게 빨리 장터로 도로 가서 말값을 다 주고 오라 하소서."

이 판서는 깜짝 놀라 옆에 있는 하인을 시켜서 갑돌이와 을쇠를 불러오게 하였다.

"네 이놈들, 말값이 삼백 냥이라 했거늘 어찌하여 여덟 냥만 주고 사 왔으며 남은 돈은 어떻게 하였느냐?"

노한 이 판서의 호령 한 마디에 갑돌이와 을쇠는 대번에 얼굴빛이 하얗게 되어 벌벌 떨며 땅바닥에 무릎을 꿇고 용서를 빌었다. 이 판서가 상전을 속인 죄를 물어 두 놈에게 큰 벌을 내리겠다고 서두르는 것을 보고 박 씨가 조용히 아뢰었다.

"이 두 사람이 원래 심보가 나쁜 것이 아니라 망아지 주인이 받지 않으려고 하니 땅에 떨어진 주인 없는 돈이라 잘못 생각하고 잠시 허욕이 나서 실수한 것입니다. 아버님께서 한번만 용서해 주시고 어서 장터로 도로 가 말값을 다 주고 오라 하소서."

갑돌이와 을쇠는 박 씨의 말에 눈물을 줄줄 흘리며 몇 번씩이나 감사의 절을 올렸다. 두 놈의 얼굴은 먼지와 흙으로 범벅이 된 위로 두 줄기 눈물이 고랑을 이루고 흘러내리는 것이 지렁이가 기어간 자국 같았다. 이 판서는 그 꼴을 보고 화났던 것이 슬며시 풀어지고 웃음이 나왔다.

"예끼 이놈들. 어서 가서 남은 돈을 다 주고 오너라. 그러지 못했다가는 치도곤2을 맞을 줄 알아라."

갑돌이와 을쇠는 죽었다 살아난 기분으로 그 즉시 종로의 장터로 달려갔다. 옹기장수가 있던 곳을 찾아가니 파장 무렵이라 집에 가려고 남은 옹기들을 꾸려 지게에 싣고 있던 옹기장수가 숨을 헐떡이며 들이닥치는 두 사람을 보고 깜짝 놀랐다. 갑돌이가 당장 옹기장수의 옷깃을 틀어쥐었다. 옹기장수가 무슨 변이라도 생겼나 싶어 '왜, 왜들 이러시오.' 얼굴이 하얘지며 말을 더듬었다.

"왜고 뭐고 이놈아, 말값을 주면 주는 대로 받지. 공연히 양심 있는 체하고 여덟 냥만 받는 바람에 우리 둘이 상전을 속였다고 하마터면 맞아 죽을 뻔하였다. 잔말 말고 이거 받아라."

---

2 치도곤: 조선 때, 곤장의 하나.

두 사람의 기세가 하도 무서우니 옹기장수는 얼결에 삼백 냥 꿰미를 받아 들었다. 갑돌이와 을쇠는 이때다 하고 걸음아 날 살려라 하고 줄행랑을 놓았다. 두 사람이 돌아가 이 판서에게 말값을 다 주고 왔다고 아뢰니, 이 판서는 하녀를 시켜 박 씨에게 하인들이 말값을 다 주고 왔다고 전하게 하였다. 그제야 박 씨가 흡족한 표정으로 고개를 끄덕였다. 이튿날 아침 박 씨가 남편과 함께 시부모에게 문후를 드리러 온 자리에서 이 판서에게 말하였다.

　"하인들을 시켜 어제 사 온 망아지에게 하루에 깨 한 되와 흰쌀 오 홉씩으로 죽을 쑤어 먹이고 제가 있는 초당 앞뜰에 묶어 두게 하시면 앞으로 제가 그 말을 돌보겠습니다."

　이 판서가 흔쾌히 '그렇게 하마' 하는 옆에서 이 판서 부인은 쯧쯧 혀를 찼다.

　"한동안 나무에 물 주기로 소일하더니 이제는 그마저 싫증이 나서 말을 길러 보려는 것이냐? 어째서 양반집 부인의 체통은 생각하지 못하느냐?"

　박 씨가 초당 앞에 말을 매어 놓고 매일 깨죽을 쑤어 먹이고 털가죽을 손질해 주며 찬 이슬을 맞힌 지 삼 년이 지났다. 그사이에 비루먹고 야위었던 망아지는 털과 갈기에 윤기가 흐르고 다리가 늘씬해져서 힘이 넘치는 잘생기고 튼튼한 말이 되었다.

그러던 어느 날 박 씨가 이 판서 부부에게 아침 문안을 드린 후에 드릴 말씀이 있다고 하였다. 이 판서 부인은 박 씨가 또 무슨 해괴한 말을 하려나 싶어 곱지 않은 시선으로 며느리를 바라보았지만 이 판서는 웃는 얼굴로 무슨 말이든 해 보라고 하였다.

"며칠 후에 명나라에서 패문 칙사 일행이 나올 것이니 그때 하인들에게 분부하여 그동안 제가 초당 앞에 매어 두고 건사한 말을 끌고 나가서 그 일행이 지나는 길목에 매어 두라고 하세요. 사신이 그 말을 보고 탐을 내어 사겠다고 할 터이니 그때 말값을 더도 덜도 말고 삼만 팔천 냥을 부르면 사신이 두말하지 않고 그 값을 다 주고 살 것입니다."

"비루먹은 망아지를 사다가 그동안 잘 먹이고 돌보아서 지금은 그때보다 꼴이 훨씬 나아지기는 했다마는 삼만 팔천 냥은 너무 과한 것이 아니냐?"

"세상의 모든 물건은 제각각 주인이 있사옵니다. 그 말도 주인이 알아보면 천금을 주고라도 살 것입니다."

박 씨가 웃음 띤 얼굴로 자신 있게 하는 말에 이 판서도 허허 웃고 말하였다.

"어디 네 말대로 해 보자꾸나. 밑져야 본전 아니겠느냐."

박 씨가 말한 날에 이 판서 댁하인 몇 명이 이 판서의 분부대로 박 씨가 기른 말을 끌고 나가 명나라 사신이 지나가는 길목에 매어 두었다. 명나라 사신 일행이 지나가다 말을 보았는지 타고 있던 수레가 멈추고 역관을 하인들 앞으로 보냈다.

역관이 와서 하인들에게 말을 팔겠냐고 묻고 팔겠다고 하자 값이 얼마냐고 물었다. 하인들은 박 씨가 하던 말이 그대로 맞아 떨어지니 신통하고 재미가 났다. 호기롭게 박 씨가 일러준 대로 삼만 팔천 냥을 불렀다. 역관이 수레 옆으로 가서 그대로 말을 전하였는지 다시 하인들에게로 와서 말을 사겠다고 하였다.

삼백 냥에 산 말을 삼만 팔천 냥에 팔았으니 백배 이상의 이득을 본 셈이었다. 이 판서가 신기하게 여기고 박 씨를 불러 명나라 사신이 그리 큰돈을 내고 그 말을 사 갈 것을 어찌 알았었냐고 물었다.

"그 말이 실은 하루에 천 리 길도 거뜬히 달려갈 수 있는 명마로 흔히 천리마라고 부르는데 알아보는 사람이 없어서 옹기장수에게 팔려 옹기 짐을 지라 하니 성질을 못 이겨서 난동을 부리고 밥을 안 먹어 병을 얻었던 것입니다. 이번에 명나라 사신이 알아보고 사 갔으니 넓은 땅에서 마음껏 달리며 제 쓰임새대로 살 수 있어 짐승에게도 좋고 집안 형편에도 도움이 되었으니 일거양득[3]이라 할 만 합니다."

이 판서는 한 번 더 감탄하였다.

"너는 비록 여자이나 이토록 영특하고 세상 이치에 밝으니 만일 남자로 태어났다면 나라의 큰 기둥이 되어 유익함이 컸을 것이다."

 이 판서의 부인도 박 씨를 보는 눈길이 한결 부드러워진 듯했다. 그러나 시백만은 여전히 박 씨와 얼굴 마주치기를 싫어하였다. 대신 사랑에서 책을 읽고 글을 짓는 데 몰두하니 과거 공부는 착실히 된다고 할 만했다.

---

3 일거양득: 한 가지 일을 해서 두 가지 이익을 거둠.

8. 장원 급제 이시백

 드디어 과거 시험을 볼 날짜가 다가왔다. 시백이 과거 시험을 보러 가기 전날 밤이었다. 박 씨의 꿈에 후원 연못이 나타났다. 후원 연못가에 벌 나비가 날아들고 꽃이 만발한 가운데 옥으로 만든 연적이 하나 놓여 있었다. 박 씨가 신기해하며 바라보자 연적이 홀연 청룡이 되어 여의주를 물고 오색구름에 싸여 하늘로 날아올랐다. 박 씨가 깜짝 놀라 잠에서 깨니 새벽닭 우는 소리가 들렸다. 그런데 꿈에서 본 장면이 너무도 생생하여 꿈이 아닌 현실 같았다. 박 씨는 더 이상 잠이 오지 않아서 먼동이 트는 이른 새벽에 연못가로 가 보았다. 그리고 놀란 눈을 크게 떴다. 꽃밭 가운데에 꿈에서 본 연적이 진짜로 놓여 있는 것이 아닌가. 박씨는 얼른 그 연적을 집어 들고 초당으로 돌아와 계화를 불렀다.
 "외당 서방님께 가서 내가 드릴 말씀이 있으니 잠깐 다녀가시라고 여쭈어라."
 계화가 시키는 대로 시백에게 가서 박 씨의 말을 전하였다. 그러자 시백이 좋지 않은 기색으로,

"대체 무슨 일로 아녀자가 장부의 과거 길을 지체하게 한단 말이냐."

하고 쫓아 보냈다. 계화가 돌아와 시백이 하던 말을 그대로 전하였다. 박 씨가 안타깝다는 듯이 말했다.

"한 번 더 서방님께 가서 이렇게 말씀을 드려라. '여자의 도리로 군자[1]를 앉아서 청하는 것이 당돌하오나 과거장에 가지고 갈 물건 하나를 드릴 것이 있으니 한번 수고를 아끼지 마시기 바랍니다.'라고."

계화가 다시 외당에 가서 박 씨의 말을 전하였다. 그러자 시백이 벌컥 화를 내며 소리쳤다.

"여자가 재수 없이 장부의 과거 길에 이렇듯 훼방을 놓으니 분을 참지 못하겠구나. 너의 주인이 산골짜기에서 태어나 자라면서 보고 배운 것이 없어도 그렇지 여자가 되어 장부를 함부로 오라 가라 하니 해괴하기 짝이 없다. 내가 하인을 시켜서 너의 주인 대신 너를 매질해야 하겠다."

매질을 당한 계화가 울며 돌아와 당한 일을 그대로 고하였다. 박 씨 또한 눈물을 흘리면서 한탄했다.

---

1 군자: 옛날에 양반집에서 아내가 남편을 칭하는 말.

"이것은 나의 죄를 너에게 연좌시킨 것이다. 너에게 미안하기도 하려니와 또한 나를 때린 것이나 한 가지니 여자의 몸이 불쌍함을 한 번 더 알겠구나."

그리고 연적을 계화에게 내어주며 말했다.

"이 연적의 물로 먹을 갈아 글을 써 바치면 장원 급제하여 입신양명으로 부모님께 영화를 드리고 가문을 빛내실 것입니다. 그런 후에 저는 상관 마시고 명문가의 요조숙녀를 맞아 평생을 화락하게 지내시기를 바랍니다, 라고 말씀을 전하여라."

계화가 한 번 더 시백에게 가서 연적을 드리고 박 씨의 말을 전하였다. 시백이 연적을 보니 천하에 없는 기이한 보배였다. '내가 저를 보기 싫어하는 줄 잘 알아서 직접 오지 않고 계화에게 말을 전하게 한 것인데 내가 너무 심하였다. 계화를 때린 것은 저를 때린 것이나 한 가지인데 분하게 여기지 않고 도리어 이런 보물을 보내 주었구나.' 그런 생각 끝에 시백이 얼굴빛을 부드럽게 하여 계화에게 말했다.

"너의 아씨께 전하여라. '내가 천성이 급하여 앞뒤 헤아려 보지도 않고 계화에게 매를 때렸으나 오히려 이런 귀한 보물을 보내어 과거 길을 도우시니 심히 부끄럽습니다. 나의 용렬함을 부인의 넓은 아량으로 용서하시고 다른 가문에 다시 장가들라는 말씀은 거두어 주십시오. 내가 이 연적의 물로 먹을 갈아 글을 써

바쳐 요행히 장원 급제하게 되면 부인과 영광을 함께 누리겠습니다.'라고 여쭈어라."

계화가 돌아와 박 씨에게 시백이 하던 말을 그대로 전하자 박 씨가 아무 대꾸 없이 입을 굳게 다물었다.

한편 시백이 과거 시험장에서 과제를 받아 글을 짓는데 평소 공부한 실력이 막힘없이 술술 풀려나오기도 했지만 박 씨가 준 연적에 담긴 물을 벼루에 부어 먹을 갈아 글씨를 쓰니 마치 붓이 살아서 스스로 움직이는 것 같았다. 좌중에서 제일 먼저 글을 지어 바치고 나와서 방이 붙기를 기다렸다. 마침내 방이 나붙었는데, 장원은 한양 이시백이요, 그 부친은 이조판서 득춘이라 하였다.

임금이 장원 급제한 이시백을 어전 앞으로 불러 어사주를 내리면서 그 인물됨을 보니 영특한 기상이 햇살이 퍼지듯이 온몸을 감싸고 있는 것 같았다. 너무나 기뻐서 아버지 이 판서에게까지 술을 내려 주면서 잘난 아들을 두어 나라에 크게 쓰일 인재를 얻게 하였다고 치하하였다. 이 판서가 '성은이 망극하여 몸 둘 바를 모르겠나이다.' 하고 자리에 엎디어 황공해 하였다. 주변에 늘어선 문무백관의 부러워하는 눈길이 이 판서에게 쏠리었다. 실로 이에서 더 한 가문의 영광이 없었다.

이윽고 이판서의 집에 시백의 장원 급제를 축하하는 잔치가 벌어져 내당과 외당에 축하하러 온 손님들이 가득 찼다. 시백이 내당에 모인 일가친척들에게 인사를 마치고 이 판서와 함께 외당으로 나오니 이 판서의 친구들이 술상을 받고 앉아 장원 급제한 시백의 손이라도 한번 잡아 보자고 수선을 떨었다.

내당에서도 친척 부인네들이 방 안 가득 모여 앉아서 축하를 드리고 이 판서의 부인을 부러워하느라 입에 침이 말랐다. 이 판서 부인은 만면에 웃음이 떠나지 않은 채로 차와 다과를 내어 그들을 대접하면서 분주히 돌아갔다. 그러던 중에 평소 내왕이 별로 없던 먼 친척 부인네들이 모여 앉은 방 한구석에서 무언가 수군덕거리는 소리가 들리더니 그중 한 부인이 이 판서 부인에게 물었다.

"이 댁 며느님이 어느 분이시지요? 저희가 축하 인사를 드리고 싶어서요."

옆의 부인도 거들었다.

"네, 저도 그렇습니다. 혼례 치를 때도 와보지 못해서 오늘같이 좋은 날 겸사겸사……."

떠들썩하던 방 안이 조용해져서 모두 이 판서 부인의 입만 바라보는 중에 자주 드나들어 사정을 잘 아는 나이 지긋한 친척 부인네가 너스레를 떨며 나앉았다.

"그게 참 호사다마라고 이 댁 며느님께서 그동안 가군2이 과거에 급제하게 해 달라고 매일 새벽 찬물에 목욕하고 장독대에 정화수 떠 놓고 빌다가 막상 장원 급제를 하니 마음이 턱 놓이고 맥이 풀려 몸살이 났다지 뭡니까? 열이 너무 심해서 아주 인사불성이 되었다가 이제 조금 나아졌지만 아직 제대로 몸을 가누기가 어렵답니다."

눈치 빠른 누군가가 얼른 뒤를 달았다.

"그럴 만도 하지요. 한여름에도 찬 물 덮어쓰면 감기 걸리기 십상인데, 요즘 날씨에 새벽마다 찬물 목욕이라니요. 그 정성으로 장원 급제가 되었으니 아드님이 며느님을 업어 주기라도 해야겠습니다."

몇 사람이 헤식은 웃음을 웃으며 맞장구를 쳤지만 표정이 굳은 이 판서 부인은 끝내 말이 없었다. 방 안의 분위기가 그대로 식어버렸다.

날이 저물어 안팎 손님들이 다 돌아간 뒤에 이 판서가 시백과 함께 내당으로 들어가 저녁상을 받는데 얼굴빛이 그리 밝지 못했다. 나름대로 속이 상해 있던 이 판서 부인이 참지 못하고 한 마디를 꺼내었다.

"오늘 같은 경사에 얼굴빛이 좋지 못하신 것은 며느리가 같이

---

2 가군: 남에게 자기 남편을 일컫는 말.

나와 즐기지 못해서이겠지요. 참 어이가 없습니다. 제가 오늘 며느리 때문에 여러 부인네들 앞에서 어떤 수모를 당한 줄이나 아십니까?"

푸념이 시작되려는 것을 이 판서가 안 들어도 뻔하다는 듯 핀잔을 주었다.

"그동안 며느리를 슬하에 두고 본지가 몇 해인데 아직도 속에 든 재주는 보지 못하고 생김새만으로 못마땅하게 여기니 참 한심합니다. 생각해 보세요. 며느리가 부인과 시백이의 박대를 받고도 얼굴 한번 찌푸린 적 있습니까? 항상 온순하게 시부모 공경하고 시백에게도 불평 한 번 늘어놓지 않았습니다. 바느질 솜씨 뛰어나서 조복 한 벌을 하룻밤 새에 지어내고 이번에 시백이가 과장에 들어갈 때도 신기한 연적을 주어서 그 물로 먹을 갈아 글씨를 쓰니 평소보다 더 잘 써졌다고 합니다. 따져보면 우리 가문에 과분한 며느리인 걸 어찌 겉모습만 가지고 이러쿵저러쿵한답니까?"

이 판서 부인은 할 말이 없어 입을 다물고 말았다.

한편, 아무도 찾는 사람 없이 적막한 피화당에서는 계화가 속이 상해 남몰래 눈물을 흘렸다. 박 씨가 그 눈치를 채고 왜 우느냐고 물었다.

"아씨께서 적막한 후원에 거처하시면서 집안의 대소사에도 일절 참예를 못 하실 뿐 아니라 오늘 같은 경사에 온 집안에 웃음꽃이 피었건만 홀로 피화당에서 한 발짝도 나가지 못 하시니 제가 너무 속상하고 마음이 아픕니다."

계화의 말에 박 씨는 오히려 웃음 띤 얼굴로 달래듯 말했다.

"나를 생각해 주는 네 마음은 고맙지만 나는 오직 서방님께서 급제하신 것만이 기쁘다. 사람의 길흉화복에는 다 정해진 이치가 있어서 괴로울 때가 있으면 반드시 즐거운 때가 온단다. 지금 나는 기쁘기만 하니 너도 속상해하지 마라."

계화는 박 씨의 넓은 마음 씀에 또 한 번 감동했다.

며칠 후에 박 씨가 이 판서에게 친정에 한 번 다녀오고 싶다고 말을 꺼냈다.

"제가 출가한 지도 어언 삼 년이 지났사온데 그간 본가의 소식을 전혀 듣지 못하였습니다. 친정 부모님이 어떻게 지내고 계시는지 한번 뵙고 오고 싶습니다."

이 판서가 놀라서 말했다.

"한성에서 금강산이 오백 리가 넘고 길도 험한데 어찌 길을 나서겠다고 하느냐. 웬만한 남자도 가기 어려운 길을 하물며 여자가 가겠다니 꿈도 꾸지 말아라."

"저도 그런 줄 익히 알고 있사오나 부득이한 일이 있으니 너무 염려 마시고 허락하여 주시기를 바랍니다."

이 판서가 박 씨가 보통 여자와는 다르다는 생각에 허락하고 말하였다.

"네가 꼭 다녀와야 할 일이 있는 모양이구나. 그렇다면 내일 내가 근친하러 갈 제구와 인마를 차려줄 것이니 빨리 다녀오너라."

"제가 며칠 사이에 갔다 올 도리가 있사오니 인마와 제구는 다 필요 없습니다."

말을 마친 박 씨가 곧 이 판서 내외에게 두 번 절하여 하직하고 피화당으로 돌아와 계화에게 말하였다.

"내가 며칠 동안 친가에 다녀오려 하니 너는 아무에게도 나의 비밀을 말하지 마라."

그러고는 뜰에 내려가 두어 발짝 걷더니 곧 몸을 날려 구름 위로 올라가 눈 깜빡할 사이에 금강산 비취정 앞에 내렸다.

박 처사 부부는 박 씨를 반갑게 맞이하였다. 문안 절도 받는 둥 마는 둥 하고 마주 앉은 후에 박 처사가 딸의 손을 잡고 탄식하며 말했다.

"너를 시집보낸 지 어느덧 삼 년이 흘렀구나. 그동안 너의 고초가 심한 줄 뻔히 알면서도 그것이 하늘이 정해준 네 운명이라 어쩔 수가 없었다. 이제 너의 액운이 물러갈 날이 다가오니 며칠만 더 참고 기다려라."

박 씨가 며칠 머물면서 그간 못다 한 딸 노릇을 하려 했으나 박 처사가 만류하며 말하였다.

"네 시부모님이 기다리시지 않느냐? 어서 돌아가 내가 갈 날을 기다려라. 이달 십오일에 갈 터이니 너의 시부께도 그리 말씀드려라."

박 씨가 부모님께 하직 인사를 올리고 다음 날 새벽에 구름을 잡아타고 눈 깜짝할 사이에 한성으로 돌아왔다. 이 판서가 반겨 맞으면서 말했다.

"그 멀고 험한 길을 어찌 이리 빠르게 다녀오느냐? 네가 가진 재주는 실로 헤아리기 어렵구나. 부모님께서는 잘 계시더냐?"

"아직 무탈하시옵니다. 제 아버지가 이달 십오일에 한 번 다녀가시겠다고 하셨습니다."

그날부터 이 판서는 박 처사가 오는 날을 손꼽아 기다렸다.

9. 박 씨 허물을 벗다

 드디어 박 씨가 말한 15일이 되어 이 판서는 좋은 술과 안주를 마련해 놓고 박 처사가 오기를 기다렸다. 날이 저물고 보름달이 둥실 떠올랐다. 사랑채 마당이 환해지고 바람이 서늘한데 어디선가 학이 날개 치는 소리가 들리더니 박 처사가 학을 타고 구름을 헤치며 사랑 앞뜰로 내려왔다. 이 판서가 급히 달려가 박 처사와 인사를 나눈 뒤에 함께 방으로 들어갔다. 방에는 시백이 의관[1]을 갖추고 기다리고 있다가 장인에게 두 번 절하고 그간의 문안을 드렸다. 박 처사가 웃는 얼굴로 시백의 문안을 받고 나서 이 판서를 보고 말했다.

 "영특한 자제를 두셔서 과거에 장원 급제하여 가문에 영광을 더 한 것을 축하드립니다. 마침 제 딸아이도 금년에 액운[2]이 끝나서 흉한 허물을 벗을 때가 되었기에 제가 사위의 장원급제한 경사를 축하드리고 딸도 보려고 왔습니다."

---

1 의관: 옷과 갓. 남자가 정식으로 갖추어 입는 옷차림.
2 액운: 액을 당할 운수.

이 판서는 박 처사의 수수께끼 같은 말의 뜻이 무엇인지 궁금했지만 두고 보면 알겠지 하고 캐묻지 않았다. 그리고 시백을 안으로 들여보낸 다음에 준비해 둔 좋은 술과 안주를 차려놓고 먹고 마시며 밤새 이야기를 나누었다. 두 사람은 밤이 지나 새벽닭이 울 무렵에야 잠깐 잠이 들었다. 그리고 날이 밝아올 즈음에 박 처사가 세상모르고 자고 있는 이 판서 옆에서 슬그머니 몸을 일으켜 후원으로 갔다. 기다리고 있기라도 한 듯이 박 씨가 뛰어나와 박 처사를 초당 안으로 모셔 들였다. 문안 절을 올리고 다소곳이 앞에 와 앉은 박 씨에게 박 처사가 얼굴 가득 기쁜 웃음을 띠고 말했다.

"금년에 너의 액운이 다 하였구나. 그동안 잘 참고 견디었다. 오늘 내가 너의 그 흉한 허물을 벗겨주마."

박 처사가 진언[3]을 외우면서 박 씨의 얼굴 앞에 도포 소매를 흔들었다. 그러자 놀랍게도 박 씨의 얼굴에서 흉한 허물이 벗겨져 나오면서 그 밑에서 선녀처럼 예쁜 본모습이 나타났다. 박 처사가 달라진 딸의 모습을 보고 한바탕 너털웃음을 웃고 나서 말했다.

"내가 이 허물을 가져다가 없애버리고 싶지만 이것이 보이지

---

3 진언: 주문(呪文).

않으면 너의 시부모님과 가장의 의혹을 풀 길이 없을 터이니 시부께 여쭈어서 옥갑을 얻어 잘 간직해 두는 것이 좋겠다."

 말을 마친 박 처사는 곧 일어나 외당4으로 갔다. 외당에서는 이 판서가 그 새 일어나 의관을 차리고 있었고 시백도 부친과 장인께 아침 문안을 드리려고 와 있었다. 세 사람이 아침 인사를 나누고 나서 박 처사가 시백에게 말하였다.

 "내가 자네에게 할 말이 있으니 잠시 앉게."

 그 말에 시백은 속이 뜨끔하였다. 혹시 박 처사가 그동안 자기가 박 씨를 박대해 온 것을 알고 꾸지람을 내리려는 것이 아닌가 싶어서였다. 저도 모르게 고개를 푹 숙이고 있는데 박 처사의 부드러운 목소리가 귓전에 떨어졌다.

 "자네 이제 장원도 했으니 명문대가의 요조숙녀를 골라서 다시 장가를 들 생각은 없는가?"

 그 말에 이 판서가 먼저 놀라서 펄쩍 뛰었다.

 "아니 그 무슨 말씀입니까? 혹시라도 마음에 못마땅한 점이 있어 그러신다면 그건 다 제가 자식 놈을 제대로 가르치지 못한 탓입니다. 저의 사죄를 받으시고 부디 노염을 풀어 주세요."

---

4 외당: 사랑. 바깥주인이 거처하며 손님을 대접하는 곳.

시백도 당황해서 고개를 들고 떠듬거리며 외쳤다.

"아, 아닙니다, 장인어른. 그, 그런 생각은 꿈에도 한 적 없습니다."

"그런 생각을 먹었대도 탓할 생각은 없네. 자네가 금강산에서 데려온 신부가 선녀처럼 예쁘기는커녕 어린애가 보고 무섭다고 울 정도로 괴물 같은 얼굴을 하고 있다는 소문이 온 세상에 퍼져 있지 않나? 그러니 자네가 새로 장가를 간다고 해서 뭐랄 사람은 없을 걸세."

시백이 할 말이 없어 잠자코 고개를 숙이고 있는데 박 처사가 다시 말했다.

"하나 자네는 과거 시험 보러 가던 날 다른 가문에 다시 장가 들 생각은 꿈에도 없고 만약에 장원 급제를 한다면 그 영광을 자네 처와 함께하겠다고 말을 전했다더군."

"예, 장인어른."

"내가 자네의 그 말만 믿고 그냥 가려네. 혹시나 자네가 새장가를 들 의향이 있다면 내 딸을 도로 금강산으로 데리고 갈 셈이었네만……."

그 말에 펄쩍 뛰면서 아니라고 하는 이 판서와 시백에게 박 처사는 의미심장한 표정을 지으며 웃고 나서 이 판서에게 말했다.

"이후에 혹 어려운 일이 생기면 자부에게 물으십시오."

그러고는 곧 마당으로 내려가서 두어 걸음 걷는가 싶더니 곧 눈앞에서 사라졌다.

이튿날 계화가 이 판서에게 와서 말씀을 드렸다.

"어제 처사께서 다녀가신 후에 우리 아씨께서 추한 허물을 벗고 아름다운 모습을 되찾으셨기에 말씀드리옵니다."

이 판서가 이게 무슨 말인가 하고 놀라서 후원으로 가보니 과연 초당 안에 선녀인가 싶을 만큼 예쁜 여자가 한 사람 앉아 있는 것이었다. 이 판서가 어안이 벙벙해서 서 있으려니 그 예쁜 여자가 밖으로 나와 이 판서에게 안으로 드시라고 하였다. 그 목소리만은 박 씨가 틀림없었다. 이 판서가 초당 안으로 들어가 좌정한 후에 박 씨가 다시 아뢰었다.

"제가 전생에 지은 죄로 흉한 허물을 쓰고 세상에 나와 그동안 수십 년 액운을 채웠습니다. 옥황상제께서 제 그런 모습을 보시고 가엾게 여겨서 가친께 이제 그만 본 모습을 주라고 하신 고로 어제 오셔서 제 본 모습을 찾아주신 것이오니 의심치 마시옵소서."

그 말을 듣고도 이 판서는 여전히 의심이 가시지 않았다. 아무 말도 못 하고 앉아 있으니 박 씨가 한쪽 구석에 벗어 놓았던 허물을 가져다 보였다. 이 판서가 그것을 펼쳐서 자세히 들여다보니 과연 박 씨의 얼굴을 덮었던 흉한 허물이 틀림없었다. 그제야 이 판서가 의심이 풀려 더할 수 없이 기쁜 얼굴로 소리쳤다.

"이제 너의 본모습이 돌아왔으니 너의 시모와 시백이 기뻐하겠구나."

박 씨도 미소를 살짝 지어 보이고는 이 판서에게 다소곳하게 말하였다.

"궤 하나를 주시면 이 허물을 넣어두었다가 어머님과 낭군에게 보여서 의혹을 풀어 드리고 싶습니다."

이 판서가 고개를 끄덕이고 나서 곧 계화를 데리고 외당에 나가 궤 하나를 들려 보내었다. 그리고 내당에 가서 박 씨의 겉모습이 바뀐 자초지종을 얘기하였다. 시백이 아직 이해를 못 하여 멍하고 있는 옆에서 이 판서 부인이 어처구니없다는 듯 콧방귀를 뀌었다.

"상공께서 깜빡 졸기라도 하셨나 봅니다. 며느리 생긴 꼴을 두고 주야로 안타까워하시더니 그런 꿈까지 꾸신 겁니까?"

이 판서는 그 말에는 대꾸도 하지 않고 하녀를 시켜서 박 씨를 안으로 들어오라고 불렀다. 박 씨가 의복을 단정히 하고 계화에게 허물 넣은 궤를 들려서 안방으로 들어왔다. 시부모께 절을 하고 앞에 다소곳이 앉은 모습을 이 판서 부인이 이윽히 바라보다 소리쳤다.

"세상에 요망스럽고 괴상한 일도 다 있다. 네 흉한 허물이 다 어디 가고 저런 미인이 되었다니 그 말을 누가 믿겠느냐."

박 씨가 고개를 숙인 채 공손히 대답하였다.

"제가 감히 추한 형상으로 존귀한 가문에 들어와 수년간 시부모님께 큰 불효를 저질렀으나 이제 전생의 죄 갚음을 다 하였기에 어제 부친이 오셔서 저를 본 모습으로 돌려놓았습니다. 부친께서 가시면서 제게서 벗겨진 허물을 궤 속에 넣어 두었다가 어머님과 낭군께 보여 의심을 풀어 드리라고 하셨기에 여기 가져왔사옵니다."

박 씨의 분부를 받고 계화가 궤를 갖고 와 열어서 속에 넣었던 허물을 꺼내어 방바닥에 펼쳐 놓았다. 이 판서 부인이 기절할 듯이 놀라 소리쳤다.

"세상에 어찌 이런 일이 다 있단 말이냐? 이 허물을 보니 과연 그간 보아오던 네 얼굴 그대로가 아니냐? 이것이 떨어져 나와 그 밑에 감춰져 있던 본 얼굴이 나왔다니 귀신이 곡할 노릇이긴 하다만 믿지 않을 도리도 없구나. 그러나 이 허물은 다시 보기 끔찍하고 혹시라도 도로 붙을까 염려되니 도로 궤 속에 깊이 넣어 두고 다시는 꺼내지 말거라."

이 판서 부인이 호들갑을 떠는 동안 시백은 무엇에 홀린 사람처럼 절세미인이 된 박 씨의 얼굴을 뚫어져라 바라본 채 눈길을 거두지 못 했다. 이 판서 부인은 한바탕 호들갑을 떨고 나서 며느리 박 씨의 손을 잡고 어루만지며 헤어졌던 친 딸을 만난 것처럼 좋아서 어쩔 줄을 몰랐다.

그 모든 광경을 지켜본 이 판서가 박 씨에게 말했다.

"네 시모와 가장이 속 시원히 의심을 푼듯하니 너도 이제 후원에 가서 마음 편히 쉬어라."

박 씨가 공손히 대답하고 앉았던 자리에서 일어서자 시백도 따라 일어나려 하는 것을 이 판서가 '너는 잠시 앉아 있어라' 하고 붙들어 앉히었다. 박 씨가 방을 나간 후에 이 판서가 잠시 뜸을 들이다가 시백에게 물었다.

"너의 아내가 여전히 보기 싫으냐?"

시백은 무어라 할 말이 없었다. 이 판서가 다시 말했다.

"사람의 영화롭고 욕됨과 세상의 이치는 측량하기 어려운 것이다. 네 지난 일을 한번 돌이켜 생각해 보아라. 이제 무슨 면목으로 네 아내를 보겠느냐. 사람됨이 저렇듯 용렬하니 앞으로 나라의 부르심을 받게 된들 그 무거운 책임을 어찌 능히 감당해 낼지 걱정이로구나."

그러고는 부인을 보고 말했다.

"부인은 어제까지만 해도 며느리가 행여 눈앞에 보일까 걱정이더니 오늘은 손을 잡고 사랑이 넘치니 어인 일입니까?"

이 판서 부인 역시 말없이 고개를 숙였다. 이 판서가 한심하다는 듯이 말했다.

"어제까지의 아름답지 못한 며느리도 우리 며느리요, 오늘 허물을 벗어 천하절색이 된 며느리도 우리 며느리랍니다. 겉모습이 어떻든지 그 속에 든 지혜와 깊은 생각과 신명함은 변함이 없습니다. 만일 며느리가 자색이 고와졌다 하여 여태까지 지녀오던 공손함을 버리고 양양자득5하여 방자하게 굴면 그때도 부인이 오늘처럼 손길을 어루만지고 사랑을 주실 터입니까?"

이 판서 부인은 대답 없이 얼굴만 붉어졌다.

시백이 아버지 말씀을 마음 깊이 새기고 날이 저물어 피화당으로 갔다. 가만히 방문을 열고 들어가 보니 박 씨가 등촉을 환하게 밝혀놓고 단정한 매무시로 앉아 있는데 싸늘한 표정으로 시백을 본체만체하였다. 시백이 감히 말 한마디 건네지 못하고 그대로 윗목에 쪼그리고 앉아 밤을 새웠다. 아침이 되어 안채로 가서 아침밥을 먹은 후 입궐하는 수밖에 없었다.

시백은 과거에 장원 급제한 후에 임금의 비서 노릇을 하는 승지라는 벼슬자리에 올라 있었다. 하루 종일 임금을 곁에서 모시

---

5 양양자득: 뜻을 이루어 뽐내고 꺼드럭거림, 또는 그런 태도.

다가 퇴궐해서 밤에 다시 초당으로 갔으나 박 씨의 태도는 어제와 조금도 다름이 없었다. 시백이 또 윗목에 쪼그리고 앉았다가 밤이 깊은 후에 용기를 짜내어 입을 열었다.

"시백이 사리에 어둡고 어리석어서 부인의 외모가 아름답지 못함을 싫어하여 여러 해를 박대하였습니다. 이제 하늘이 부인의 본모습을 돌려주신 것을 보니 그간 저의 소행이 후회스럽습니다. 그러나 부인 된 도리는 남편을 따르고 복종함이 첫째가는 덕목이라 부인은 이 점을 생각하여 저의 잘못을 용서해 주기를 바랍니다."

시백의 말을 들은 박 씨가 얼굴빛을 더욱 싸늘히 하여 대꾸하였다.

"제가 비록 인물이 아름답지 못하였으나 시가에 들어온 후로 시부모님을 효성으로 봉양하고 군자의 뜻을 순종하여 칠거지악을 범한 일이 없습니다. 그러나 군자께서는 저를 길에 가는 모르는 사람처럼 대하면서 구박하셨으니 다시는 저를 볼 생각도 하지 마세요. 새로 좋은 가문에 아름다운 여자를 얻으셔서 해로하시기를 바랍니다."

시백이 다 듣고 나자 스스로 부끄럽기 짝이 없었다. 그러나 이 모두가 자신의 잘못이라 아무쪼록 박 씨의 마음을 돌려 보려고 밤새도록 무릎을 꿇고 앉아 온갖 말로 애걸하며 용서를 빌었다.

박 씨가 들은 체도 않고 있다가 먼동이 훤히 터올 때쯤에야 겨우 입을 열었다.

"군자의 위신이 중하고 임금께서 내리신 직책이 엄중하거늘 어찌 경박한 어린아이 같은 행동을 하십니까. 제가 본래의 모습을 감추고 흉한 모습을 보인 것은 군자로 하여금 일심으로 학업에 매진하게 하려는 뜻도 있었습니다. 하온데 그동안 제게 대하는 태도가 너무 심하여 괘씸한 마음을 풀 생각이 없었으나 지극 정성으로 비는 모습을 보니 여자로서 또한 감동을 하게 되네요. 이제 수년간 맺힌 마음을 풀어버리겠으니 군자는 체통을 지키세요."

시백은 박 씨의 아량에 천만번 감사하였다.

10. 박 씨 조화를 부리다

 이 판서 댁 며느리가 흉한 허물을 벗고 선녀처럼 예뻐졌다는 소문이 온 한성 안에 퍼졌다. 그 모습을 보고 싶은 양반 집 부인네들이 앞다투어 이런저런 핑계로 이 판서 부인과 박 씨를 자기들 집에 초대하였다. 이 판서 부인은 그런 자리에 자랑스럽게 박 씨를 앞세우고 다니면서 언제 구박했느냐 싶게 며느리를 애지중지하였다.

 이 판서 부인과 박 씨가 초대받은 자리에서는 으레 박 씨가 비루먹은 말을 삼백 냥에 사서 명나라 사신에게 삼만 팔천 냥을 받고 판 이야기가 나왔다. 듣는 사람마다 신기하고 재미있어하면서 박 씨의 선견지명[1]을 칭찬하고 그런 며느리를 얻은 이 판서 부인을 부러워하였다. 하지만 박 씨가 추한 탈을 쓰고 시집을 와서 몇 해 동안 시어머니에게 구박을 받다가 선녀 같은 본 얼굴을 되찾았다는 이야기는 아무도 꺼내지 않았다. 본인이 있

---

1 선견지명: 어떤 일이 일어나기 전에 미리 앞을 내다보고 아는 지혜.

는 자리에서 그런 이야기를 꺼내는 것은 실례라고 생각했기 때문이었다.

그러던 중 하루는 어느 재상의 집에서 자기 어머니의 생일잔치를 연 자리에 박 씨와 이 판서 부인을 초대했다. 재상이 어머니를 위해 벌인 잔치인 만큼 손님들은 대개 부인네들이었지만 좋은 음식들과 함께 술과 안주도 차려졌다. 때가 겨울이라 외풍을 막기 위해 넓은 마루에 잘 피운 숯을 담은 큰 청동화로를 놓아서 그 기운으로 방안까지 훈훈하니 술 한 잔에도 모두 얼굴이 달아오르고 즐거운 분위기가 되었다. 그래도 양반집 부인들이라 행여 실수라도 할까 봐 몸가짐을 조심하고 있었는데 나이 든 부인 한 사람이 주변에서 인사로 권하는 술잔을 사양하지 않고 주는 대로 다 받아 마시고는 크게 취하고 말았다. 언제나처럼 박 씨가 말을 샀다 팔면서 큰 이득을 보았다는 얘기를 들으며 모두 감탄하고 즐거워하는 중에 그 부인이 박 씨를 보고 큰 소리로 말했다.

"이 판서 댁 며느님이 원래는 저렇게 예쁜 얼굴이 아니었다면서요? 천하에 없는 추물이었는데 껍질을 한 겹 벗어서 저런 얼굴이 나왔다고 합디다. 세상에 그런 일이 어디 있으리오. 내가 직접 한 번 만져봐야겠어요. 저 얼굴이 진짠지 가짠지……."

좌중의 부인들이 모두 혼비백산2해서 하던 말을 잇지 못하고 젓가락질을 멈춘 채 얼이 빠져 있는데 그 주정뱅이 부인은 아랑곳하지 않고 자리에서 일어나 비틀거리면서 박 씨와 이 판서 부인이 앉아 있는 자리로 다가갔다. 방에는 같이 온 사람끼리 겸상으로 상이 따로따로 차려져 있었다. 이 판서 부인과 박 씨의 상 앞으로 간 주정뱅이 부인이 박 씨 얼굴을 만지려고 손을 내밀다가 그만 중심을 못 잡고 상 위를 짚으면서 앞으로 고꾸라지고 말았다. 상 위에 있던 음식 접시가 주정뱅이 부인의 치마 위로 굴러떨어졌다. 주변 사람들이 황급히 주정뱅이 부인을 일으켜 앉히고 보니 엎어진 그릇에서 음식 국물이 쏟아져 비단 치마가 엉망이 되었다. 주정뱅이 부인이 자기 치마를 내려다보고 듣기 싫은 소리로 넋두리를 늘어놓으며 꺼이꺼이 울기 시작했다.

"아이고 내가 술만 먹으면 주사를 부려 옷을 버린다고 집안 식구들한테 지청구를 먹는데 오늘 또 일을 저질렀으니 어쩌면 좋아. 이 비단은 우리 대감이 중국에 사신으로 갔다가 사 온 비단인데 이렇게 못 쓰게 만들었으니 난 이제 집에서 쫓겨날 거야."

모처럼의 생일잔치가 난장판이 되었으니 생일을 맞은 노부인

---

2 혼비백산: 몹시 놀라 넋을 잃음.

과 집안사람들 얼굴에 못마땅한 빛이 역력해졌다. 손님들은 민망하고 난감한 중에도 곁눈질로 박 씨의 눈치를 보았다. 다들 보통 사람과 다른 신비한 힘을 가진 박 씨가 주정뱅이 부인을 가만두지 않을 거라고 생각했다. 화기애애하던 방 안 분위기가 갑자기 물을 뿌린 듯 가라앉자 주정뱅이 부인도 뭔가를 느꼈는지 울음을 그치고 꾸어다 놓은 보릿자루가 되었다. 그때야 박 씨가 조용히 입을 열어 주정뱅이 부인을 둘러싸고 있는 부인들에게 말했다.

"그 부인이 입고 있는 치마가 못 쓰게 되어 속상해하시니 벗겨서 저를 주세요. 제게 한 방도가 있습니다."

옆의 부인들이 서둘러 주정뱅이 부인의 치마를 벗겨 잘 접어서 박 씨에게 주었다. 박 씨가 그걸 받아 들고 자리에서 일어나 사뿐사뿐 걸어서 마루에 피워놓은 청동화로를 향해 걸어갔다. 다른 부인들이 우르르 일어나 쫓아 나갔다. 박 씨가 화로 앞으로 가더니 들고 간 치마를 그대로 이글거리는 숯불 위로 던졌다. 보던 사람들 모두가 경악한 얼굴로 서로를 돌아보았다. 그중에는 가만히 고개를 끄덕이는 사람도 있었다. 박 씨가 화를 숨기고 있다가 그렇게 주정뱅이 부인을 혼내는 거라고 생각했던 것이다. 주정뱅이 부인도 다른 사람의 부축을 받고 와 있었는데 술이 한꺼번에 깨는지 붉던 얼굴이 하얗게 질렸다. 치마는 숯불 위에서 훨훨 타올라 재가 되어 사라지는가 싶은 순간 다시 모양이 잡히면서 화로 위에 붉은 비단 치마 한 벌이 넓게 펼쳐져 떠올랐다. 처음 것보다 한층 더 붉은빛이 영롱한 비단 치마였다. 박 씨가 그 치마를 잡아내려 주정뱅이 부인에게 내밀었다. 주정뱅이 부인이 넋이 나간 사람처럼 치마를 받아 들고 멍하니 서 있자 옆에 있던 젊은 부인 하나가 허리에 대강 치마를 둘러 주었다. 주정뱅이 부인이 그제야 털썩하고 박 씨 앞에 무릎을 꿇었다.

"제가 술이 과해서 큰 실례를 했습니다. 넓으신 아량으로 용서해 주세요."

박 씨가 그 부인의 손을 잡고 일으키면서 부드럽게 말했다.

"제가 부인이 어떤 성품을 가지신 분인지 잘 압니다. 평소에는 현숙한 분이신데 오직 술을 마셨다 하면 절제를 못 해서 실수를 하시게 되는 거지요. 앞으로는 과음을 하시는 일 없도록 제가 특별한 술잔을 선물로 드리겠습니다."

박 씨는 주정뱅이 부인을 자기가 앉았던 자리로 데리고 갔다. 그 사이에 하인들이 어지럽혀진 자리를 치우고 새로 상을 차려 놓았다. 박 씨는 상 앞에 앉아서 새로 갖다 놓은 술잔을 주정뱅이 부인에게 내밀었다. 주정뱅이 부인이 얼떨결에 잔을 받자 박 씨가 술 주전자를 들어 술잔 가득 술을 부었다. 손님들이 둘러싸고 바라보는 가운데 박 씨가 머리에 꽂은 뒤꽂이를 빼어 술이 찰랑거리는 술잔 한가운데에 금을 그었다. 그러고는 주정뱅이 부인에게 그 술을 마시라고 하였다. 주정뱅이 부인이 이상한 힘에 끌리는 사람처럼 술잔을 입에 대고 마시자 뒤꽂이로 그은 금대로 술이 갈라지면서 절반만 입으로 들어가고 절반은 그대로 잔 안에 남았다. 박 씨가 술잔을 엎어도 잔 한쪽에 반달처럼 남은 술은 쏟아지지 않았다. 보는 사람 모두 놀라운 광경에 할 말을 잃었다. 박 씨가 그 술잔을 주정뱅이 부인한테 주면서 말했다.

"이 술잔으로 술을 마시면 항상 따른 술의 절반만 마시게 되어 과음하는 일이 없을 것입니다."

그때부터 세상에는 박 씨의 놀라운 재주와 함께 마음 씀씀이가 넓다는 이야기까지 널리 알려지게 되었다.

11. 이시백의 벼슬살이

　박 씨가 아기를 낳아 이 판서 부부가 손주 재롱 보는 재미에 세월이 가는 줄도 모르는 사이, 임금이 시백에게 평안감사를 제수하여 잠시 부모 슬하를 떠나게 되었다.
　부임 날짜가 가까워져서 시백이 평안도로 떠날 행장[1]을 꾸리는데 가마 두 채를 준비하는 것이었다. 그것을 보고 박 씨가 물었다.
　"어째서 가마가 두 채입니까?"
　"부인이 타고 갈 가마도 필요하지 않겠소?"
　시백이 당연하다는 듯이 되묻자 박 씨가 말하였다.
　"남자가 세상에 나서 입신양명[2]을 하면 나라 섬길 날은 많고 부모 섬길 날은 적다고 하였습니다. 나랏일에 골몰하면 처자 또한 돌아보지 못하는 법입니다. 저까지 따라가면 연로하신 부모님은 누가 모시겠습니까? 저는 집에 남아서 부모님을 정성껏 봉양

---

1 행장: 여행할 때 쓰는 물건과 차림.
2 입신양명: 출세해서 세상에 이름을 들날림.

하고 있을 테니 서방님께선 나랏일에 온 힘을 다하셔서 임무를 훌륭히 마치고 돌아오시기를 바랍니다."

시백이 그제야 깨닫고 대답했다.

"부인의 말씀이 당연합니다. 내가 생각이 짧아서 늙으신 부모님이 외로워하실 것을 미처 헤아리지 못하고 망령된 말을 하였군요. 누가 들었으면 웃음거리가 되었겠습니다. 부인은 나의 용렬함을 허물하지 마시고 두 분 부모님을 잘 봉양해 주세요."

시백이 평안도에 나가 첫째로 한 일은 믿을만한 사람들을 평안도 내의 각 고을에 보내어 백성들의 사는 형편을 알아 오게 한 것이었다. 그렇게 살펴본 결과에 따라 역량이 부족하거나 욕심이 지나쳐 백성들의 재산을 탐내는 수령은 임금께 장계3를 올려 파직시키고 선정을 베푼 수령은 상을 내렸다. 마침내 평안도 전체에 선정을 베푸는 수령만이 남게 되어 백성들이 모두 이 감사 덕분에 잘살게 되었다고 칭송이 자자했다. 임기가 끝나 다시 한양으로 올라갈 때는 도내 여러 고을의 수령과 백성들이 송덕비를 세우고 감사의 말과 글을 올렸다.

---

3 장계: 왕명으로 지방에 나간 관원이 글로 써서 올리던 보고.

시백이 여러 날 만에 한성에 이르러 먼저 대궐에 들러 임금을 뵈었다. 임금이,

"경이 백성을 사랑하고 좋은 정치를 베푸는 것이 모두 백성의 복이요, 과인의 참된 신하로다."

하고 손수 잔을 들어 술을 권하고 병조판서를 제수하였다. 시백이 사은숙배4하고 물러나와 집으로 가니 이 판서가 흐뭇한 표정으로 말하였다.

"지난날에 네가 네 아내를 돌아보지 않는 것을 보고 천하에 쓰일 데 없는 못나 빠진 놈이라고 생각했더니 이제 감사의 직책을 다 하여 백성이 칭송하고 상감께서도 기특하게 여기셔서 내직을 맡기셨구나. 이제야 네가 내 아들이요 임금의 마땅한 신하며 네 아내의 마땅한 지아비로다."

---

4 사은숙배: 예전에, 임금의 은혜에 감사하며 공손히 절하던 일.

12. 이시백과 임경업 호국을 구하다

　조선에서 명나라에 사신을 보낼 때가 되었다. 임금은 병조판서 이시백을 상사로 임명하고,
　"부사는 경이 마땅한 사람을 뽑아서 함께 가라."
　하였다. 시백은 충주 출신으로 무과에 장원 급제하여 철마산 중군의 직책을 맡아 있던 임경업을 부사로 뽑았다.
　시백이 임경업과 함께 명나라 수도인 남경으로 떠나기 전날이었다. 박 씨가 시백에게 작은 주머니를 하나 주며 열어보라 하였다. 시백이 열어보니 손바닥만 한 삼베 조각이 몇 장 들어있을 뿐이었다. 시백이 의아하여,
　"이것이 무엇입니까?"
　하고 물었다.
　박 씨가 싱그레 웃고 나서 대답하였다.
　"사신으로 가셔서 임무를 마치신 후에 혹시라도 부사에게 난처한 일이 생기거든 이 베 조각들을 신발 바닥에 깔고 신으라고 하세요. 그러면 자연히 연유를 아시게 될 거예요."
　여태껏 박 씨가 하는 일이나 말이 틀린 적이 없었으므로 시백

은 주머니를 소중하게 소매 속에 넣고 출발하였다.

이시백과 임경업이 여러 날 만에 남경에 도착하니 명나라 황제가 조선에서 사신이 왔다는 말을 듣고 접빈사 황자명을 시켜서 맞이하였다. 이시백이 임경업과 함께 접빈사를 따라 궐내에 들어가 예를 마친 다음에 조선의 임금이 보낸 표문[1]을 올렸다. 천자가 표문을 받은 후에 조선의 사신을 위해 성대한 연회를 베풀었다. 한창 연회가 무르익을 즈음인데 중국의 북쪽 지방에서 호국 사신이 급히 들어와 황제에게 표문을 올렸다. 황제가 신하를 시켜서 읽어보라 하였다.

"가달족이 나날이 힘이 강성해지더니 마침내 호국을 쳐들어와 온 나라를 쑥대밭으로 만들고 있나이다. 나라가 거의 멸망 지경에 이른지라 저희의 상국인 명나라에 위급함을 고하오니 급히 구원병을 보내어 구하여 주소서."

명나라 황제가 다 듣고 나서 고개를 끄덕이더니 신하들을 내려다보며 한마디 하였다.

"호국이 해마다 적지 않은 조공을 바치는 터에 우리가 상국으로서 그들이 망하는 꼴을 두고 볼 수만은 없지 않느냐? 호국에

---

1 표문: 임금에게 표로 올리던 글.

구원병을 보내기는 해야 할 모양인데 누가 청병장으로 나서겠느냐?"

명나라 조정 대신들이 서로 얼굴을 돌아보며 망설이는 가운데 황 자명이 좌중을 둘러보다가 앞으로 나서서 말하였다.

"조선에서 사신으로 온 이시백과 임경업을 청병장으로 보내심이 어떠하올지요? 소신이 두 사람의 관상을 보니 용맹과 지략이 겸비해 있어서 가달의 군사쯤은 너끈히 대적할 수 있을 것 같사옵니다."

결국 이시백과 임경업이 명나라 황제가 내주는 삼만 명의 병사를 인솔하여 호국을 구원하러 가게 되었다.

이시백과 임경업이 호국에 당도하니 호국 왕이 버선발로 뛰어나와 맞이해서 상석에 모셔놓고 수 없이 머리를 조아리며 가달을 물리쳐 달라고 부탁하였다. 시백이 미처 입을 열기도 전에 임경업이 호탕하게 껄껄 웃으며 큰 소리로 장담했다.

"이 임경업이 구해주러 왔으니 호국 왕은 마음을 푹 놓으시오. 내가 내일 당장 가달족 장수의 목을 베어 바치리다."

호왕은 그러는 임경업이 한없이 믿음직스러워서 더욱 대접이 융숭하였다.

이튿날 호국의 군대와 가달의 군대가 진을 치고 싸움을 시작하여 양쪽 군사들이 번갈아 가며 나와서 수십 합에 이르도록 승부가 나지 않았다. 바로 그때 임경업이 천지가 진동하게 큰 고함을 지르면서 말을 달려 뛰어나가 긴 팔을 뻗어 가달족의 대장을 사로잡아 호국 진영으로 돌아왔다. 대장을 잃은 가달 군은 풍비박산이 되어 흩어져 버렸다. 싸움에 크게 이기고 나라를 지키게 된 호왕의 기쁨은 말할 수 없이 컸다. 청병장 이시백과 임경업 장군에게 감사의 잔치를 벌이고 금은보화를 아낌없이 선물하였다. 한편으로는 보면 볼수록 임경업이 마음에 들어 자기 나라에 붙잡아 두고 싶어졌다. 잔치가 파하고 시백과 경업을 숙소로 보내고 나서 내전으로 들어가 아내인 호 귀비에게 말을 꺼냈다.

"임경업을 돌려보내지 말고 우리나라에 붙잡아 둘 방법이 없을까?"

잔꾀 많은 호 귀비가 잠시 생각하다가 대답하였다.

"우리한테 시집 안 간 딸이 있으니 경업을 사위로 삼으면 어떨까요? 왕의 사위가 된다는데 거절할 리가 없지 않겠어요?"

"그거참 좋은 수요. 하지만 공주가 워낙 고집이 세니 저한테 미리 말은 해 두는 게 좋겠소."

호왕 내외는 곧 딸인 호국 공주를 불러 경업에게 시집을 가라 하였다.

하지만 호국 공주는 호락호락하지 않았다.

"아바마마도 참. 아무리 잘나고 용감한 남자라 해도 제 마음에 들어야죠. 제 눈으로 인물을 한번 보고 나서 시집을 가든지 말든지 하겠어요."

딸이 한번 고집을 피우기 시작하면 아무도 꺾을 수 없다는 것을 잘 알고 있는 호왕 내외는 그러면 임경업을 한번 보고 나서 마음을 정하라고 허락하였다. 그러면서 속으로는 공주도 막상 임경업을 보면 좋아하게 되리라 믿었다.

다음날 호국 왕이 임경업을 따로 불러서 말하였다.

"내가 장군의 인물됨을 사랑하여 사위로 삼고자 하였더니 딸아이가 장군을 직접 한 번 보기 전에는 마음을 정할 수 없다고 하오. 오늘 저녁에 둘이 한번 만나보면 어떠할지?"

임경업은 속으로 깜짝 놀랐으나 겉으로는 그렇게 하겠다고 대답하고 사신 일행이 묵는 곳으로 돌아왔다. 시백이 호왕이 무슨 일로 불렀느냐고 물으니 임경업이 사실대로 말하고 나서 걱정스레 덧붙였다.

"호왕의 노여움을 사서 조선에 돌아가지 못 할까 두려워 일단 승낙은 하였습니다만, 오랑캐의 사위라니 천만 부당하옵니다. 어쩌면 좋겠습니까?"

임경업의 말을 듣고 시백은 자기도 모르게 무릎을 치며 '아하' 하고 소리쳤다.

"내가 이제야 부인이 하던 말의 뜻을 깨달았네. 다 방도가 있으니 염려 마시게."

말을 마친 시백이 소매 속에서 박 씨가 준 주머니를 꺼냈다. 주머니를 열어서 속에 든 삼베 조각들을 꺼내놓고 말했다.

"그대는 아무 염려 말고 신고 있는 신발 바닥에 이 삼베 조각들을 접어 넣어 신고 공주를 만나시게. 그러면 아무 탈이 없을 것이네."

임경업은 시백이 무슨 이유로 그러는지 의아했지만 물에 빠진 사람이 지푸라기라도 잡는 심정으로 시키는 대로 하였다. 삼베 조각 깔창을 넣은 신을 신은 임경업은 키가 훌쩍 커졌다. 저녁때가 되자 호국 왕이 임경업을 정원 안에 있는 높은 누각 앞으로 데리고 가서 혼자 위로 올라가 기다리라고 하였다. 누각 안에는 등불 빛이 은은하게 비치는데 천장 한 가운데에서부터 붉은 구슬발이 밑바닥까지 쳐져 있었다. 아마도 호국 공주가 그 발 너머에서 임경업을 보고 있는 것 같았다. 임경업이 한자리에 우뚝 서서 꼼짝하지 않고 있으려니 한참 만에 시종이 와서 이제 그만 내려가라고 하였다. 경업은 싱겁게 숙소로 돌아왔다.

한편 호국 왕의 내전에서는 공주가 임경업에게 시집가지 않겠다고 앙탈을 부리고 있었다.

"인물이 아무리 좋고 무예가 뛰어나면 뭐 해요? 키가 저보다

큰걸. 저는 아바마마 빼고는 세상 누구라도 저를 위에서 내려다보는 게 싫다고요. 제 신랑감은 꼭 저보다 키가 한 치 한 푼이 적어야 해요. 그래야 제 맘대로 쥐고 흔들죠. 임 장군은 저보다 키가 세 치 세 푼은 큰데 제가 어떻게 쥐고 흔들어요? 저는 죽어도 그 사람한테는 시집 안 가요."

공주의 고집은 아무도 꺾을 수가 없으니 호왕 부부는 입맛만 쩝쩝 다시고 단념하였다.

시백과 임경업이 호국을 구하고 돌아가자 명나라 황제가 큰 상을 내리고 조선 조정에 두 사람의 공을 알렸다.

임금이,

"가달의 군사와 싸워 이겨 조선의 위상을 높였으니 세상에 다시없을 영웅이로다."

하고 두 사람의 벼슬을 각각 높여주니 이시백은 우의정, 임경업은 부원수가 되었다.

13. 호국이 조선을 넘보다

한편 호국의 왕은 이시백과 임경업을 보내고 크게 한탄하였다.
"내가 진작부터 조선을 쳐서 내 손아귀에 넣을 마음을 먹고 있었는데, 가달의 난에 청병장으로 온 것이 하필 조선의 두 인물이라니. 이번에 가달군 대장과 싸우는 임경업을 보니 그 위세가 대단해서 감히 조선을 가볍게 침범하지 못 하겠구나."
그러고는 군대를 모두 모아놓고 호통쳤다.
"우리가 조선보다 몇 배 넓은 땅덩이를 가지고 있으면서 그까짓 작은 나라의 장수 하나를 대적할 자가 없다니 말이 안 된다. 누가 선봉장이 되어 앞장서서 조선을 치러 가겠느냐."
하지만 모두 임경업이 두려워 꿀 먹은 벙어리처럼 서로 눈치만 볼 뿐 앞으로 나서는 자가 없었다. 호왕이 한탄하며 내전으로 들어오자 아내인 호 귀비가 비아냥거리듯 말했다.
"여태껏 대왕 덕분에 호의호식하며 용맹을 뽐내던 장수들이 그까짓 조선의 장군 한 사람이 무서워서 나서는 자가 없다니 모두 간이 쪼그라들었나 보군요. 그동안 사기를 북돋아 준다고 조금만 잘해도 벼슬 올려주고 큰 상을 내려주었건만 다 헛짓거리였네요. 막상 쓰일 때가 되니까 모두 꼬리를 감추고 내빼다니 그러고도 사나이 대장부라 할 수 있어요?"

호왕은 호 귀비가 자기가 할 말을 대신 해 주는 것 같아서 절로 한숨이 나왔다.

"내 말이 그 말이다. 조선을 먼저 내 손아귀에 넣고 나서 명나라까지 치려고 했건만 장수들이 하나같이 임경업 이름만 들어도 벌벌 떠는 졸장부일 줄이야 누가 알았겠느냐? 그때 억지로라도 임경업을 내 사위로 만들어서 붙들어 앉혔어야 하는데 딸년이 말을 안 들어서 그만 두고두고 후환거리가 되었다."

호왕이 새삼 아까운 생각이 들어 입맛을 다시자 호 귀비가 눈초리를 사납게 치켜뜨며 말했다.

"조선에 큰 인물이 있다면 바로 이시백과 임경업이죠. 그 두 사람을 없애는 게 조선을 손에 넣는 첫걸음이라고요. 그러자면 군대를 동원해서 요란하게 쳐들어가는 것보다 유능한 자객 한 사람을 보내서 두 사람을 쥐도 새도 모르게 없애 버리는 게 상책입니다."

호왕이 듣고 보니 호 귀비의 말이 그럴싸하였다.

"그렇다면 자객으로 보낼 사람이 있어야 할 것 아닌가?"

"제가 이럴 때를 대비하여 그간 남몰래 무술과 술법을 가르쳐 온 여인이 있습니다. 남자라면 한 번 보고 반할 만큼 예쁘고 글

잘하는 선비와 문답을 해도 막힘이 없고 칼 잘 쓰고 몸이 날래니 자객으로는 더할 나위 없지요."

호 귀비가 원래 무예도 출중하고 여러 가지 방면으로 유능하다는 것을 호왕도 잘 알고 있었다.

"귀비가 몸소 뽑아 가르쳐 왔다니 쓸 만하겠군. 어디 한 번 불러 봅시다."

호 귀비가 곧 시녀를 시켜서 한 여자를 불러오게 하였다. 그 여자는 인상이 매우 사납긴 했으나 호 귀비 말대로 호왕 눈에도 예쁘게 보였다. 이름은 기홍대라 하였다. 칼 솜씨를 보이라고 하자 곧 궁궐 뜰에 심어진 나무를 타면서 칼을 휘두르는데 나뭇잎은 하나도 떨어지지 않고 칼끝에서 날카롭게 번쩍이는 푸른빛이 나와서 빠른 속도로 기홍대의 몸을 싸고돌았다. 기홍대는 그 빛에 가려서 어디에 있는지 알 수가 없었다. 호왕이 그 재주에 감탄하며 그 자리에서 조선에 가서 이시백과 임경업을 죽이고 오라고 분부를 내렸다. 기홍대가 명령을 받들어 길을 떠나기에 앞서 호 귀비가 기홍대를 자기 처소로 데리고 가서 말했다.

"조선은 우리와 언어와 풍습이 다르니 미리 배워 가지고 가야 할 것이다."

호 귀비는 며칠 동안 기홍대를 데리고 있으면서 조선의 말과 풍습을 가르치고 조선에 나가서 어떻게 할 것인지를 지시했다.

"한성에 도착하면 우의정 댁이 어디냐고 물어서 찾아가라. 그래서 내가 가르쳐준 재주로 이시백의 목을 베고 돌아오는 길에 의주에 들러 임경업의 머리를 베어라. 이 두 사람의 목만 가져오면 내가 너에게 큰 상을 내려서 한평생 호의호식하며 사는 것은 물론이고 그 공적으로 너의 자식과 손자들까지 영화를 누리게 할 것이다."

기홍대가 호 귀비의 말을 듣고 용기백배하여 곧 행장을 차리고 길을 떠나 며칠 지나지 않아 한성에 도착하였다.

그 무렵 박 씨가 홀로 피화당에 앉아 별자리를 보며 점을 치다가 깜짝 놀라 외당에 있는 시백에게 와서 말하였다.

"열흘 후에 한 여자가 상공을 찾아와 요망한 짓거리를 하려 들 것입니다. 그때 당황하지 마시고 그 여자를 피화당으로 보내시면 제가 알아서 상대해 물리치겠습니다."

"대체 그 여자가 누구란 말이요?"

시백이 의아해서 물었다. 박 씨가 살짝 웃음기를 머금고 대꾸했다.

"그 여자는 용모가 매우 예쁘고 문필이 뛰어난 데다가 언변이 청산유수1 같아서 까딱하면 상공께서 유혹에 빠지실지도 모릅니다. 그러나 혹시라도 그런 일이 있다면 큰 화를 면치 못하실 것이니 정신 똑바로 차리시고 피화당으로 보내세요."

박 씨의 말을 듣고 시백이 어처구니없다는 듯 피식 웃었다.

"내 평생에 부인만큼 예쁘고 언변이 뛰어나고 세상일에 모를 것이 없는 사람은 본 적이 없거늘 감히 누가 나를 유혹한단 말이오. 부인 하라는 대로 할 테니 아무 걱정 마세요."

시백과 이야기를 마친 박 씨가 피화당으로 돌아와 계화와 함께 특별한 술을 만들었다. 술 담을 항아리를 두 개 가져다 놓고 한 항아리에는 쌀 두 말에 누룩 두 되를 넣은 독한 술을 빚어 담고, 다른 항아리에는 쌀 두 말에 누룩 한 되를 넣어 늘 마시는 맑은 술을 빚어 담았다.

---

1 청산유수: 푸른 산에 맑은 물이라는 뜻으로, 막힘없이 말을 잘하거나 그렇게 하는 말의 비유.

14. 호국 자객 기홍대

　열흘이 지나서 시백이 저녁을 먹은 후에 언제나처럼 외당에 나와 책을 읽고 있는데 마당에서 인기척이 들렸다. 시백이 방문을 열고 내다보니 곱게 단장한 젊은 여자가 마루 아래에 서 있는 것이었다. 시백이 내심 놀라면서 누구냐고 물으니 그 여자가 선 채로 고개를 숙여 예를 올리고 나서 낭랑한 목소리로 말하였다.

　"소녀는 원래 강원도 회양에서 태어났으나 어려서 부모를 여의고 떠돌다가 기생이 된 몸으로 이름은 설중매라 하옵니다. 양반 행차를 따라 한성에 올라와 구경 다니다가 유명하신 분의 함자를 듣고 한번 뵙고 싶어 찾아왔나이다."

　여자의 몸가짐과 태도가 예의 바르고 공손하여 시백은 한번 이야기를 나눠보고도 싶었으나 박 씨가 미리 일러주던 말이 생각나 정신을 차렸다.

　"네 말뜻은 잘 알겠다마는 여기는 여자가 들어오는 곳이 아니다. 남자 손님들이 출입하는 곳이고 여자 손님은 따로 후원에 초당이 있으니 그곳으로 가거라."

"제 행동이 외람된 줄은 아오나 어렵게 찾아뵈었사오니 잠시 서로 글을 주고받아 훗날의 추억 거리로 삼고자 하옵니다."

글을 주고받고 싶다는 말에 시백은 자기도 모르게 자리에서 엉거주춤 몸을 일으키려다가 다시 주저앉았다. 박 씨의 웃는 얼굴이 떠올라서였다. 시백이 큰 소리로 하인을 불렀다.

"거기 누구 없느냐? 안손님이 길을 잘못 들었으니 하녀를 불러다가 후원으로 안내해 드려라."

시백은 외당에서 시중드는 남자 하인을 부른 것이었으나 큰 소리로 대답하며 튀어나온 것은 계화였다. 계화는 생글생글 웃는 얼굴로 시백을 바라보며,

"제가 아씨 분부를 받아서 진작부터 문간에 서 있었습니다."

하고는 여자를 피화당으로 데리고 갔다. 여자가 피화당 마루 끝에 나와 서 있는 박 씨를 보고 허리를 깊이 숙여 예를 올리고 입을 열었다.

"소녀가 하향 천기의 몸으로 양반님 행차를 따라 서울까지 왔다가 뜻하지 않게 귀하신 분을 뵙게 되었습니다. 제 이름은……."

바야흐로 시백의 앞에서 하던 자기소개가 나오려는 참인데 박 씨가 한 손을 들어 여자의 말을 막았다.

"그만하고 마루 위로 올라오너라. 내 이미 너의 근본을 다 알고 있거늘 굳이 똑같은 말을 더 들어 무엇 하겠느냐. 먼 곳에서

와서 이미 날도 저물었으니 오늘 밤은 내 손님으로 여기서 묵도록 하여라."

　그렇게 말하는 박 씨의 얼굴빛은 온화하였으나 말투에는 함부로 대할 수 없는 위엄이 느껴졌다. 여자는 혹시 박 씨가 자기의 정체를 알아챈 것이 아닌가 하여 속이 뜨끔하였다. 곁눈질로 박 씨의 표정을 살피면서 피화당 안으로 들어갔다. 박 씨가 여자와 마주 앉더니 계화에게 술상을 내오라고 일렀다. 얼마 지나지 않아 계화가 좋은 안주에 술 두 병과 술잔 두 개를 얹은 술상을 들고 들어와서 박 씨와 여자 사이에 놓았다. 박 씨가 계화에게 너는 그만 나가 있으라 하니 계화는 술병 둘 중 하나를 상 밑으로 내려놓고 물러갔다. 박 씨가 상 위의 술병을 들어 잔 두 개를 채우고 나서 마시자고 하였다. 여자가 시장한 김에 사양 않고 한잔 쭉 들이켜고 보니 술맛이 기가 막히게 좋았다. 박 씨 또한 자기 잔을 비우고 또 한 번 잔을 채웠다. 이어서 여러 잔 함께 술을 마시는 사이에 박 씨가 슬며시 상 밑에 있는 술병을 집어 여자의 술잔에 따랐지만 여자는 눈치채지 못했다. 이미 취해있는 데다가 특별히 담근 독한 술을 마신 여자는 그만 그 자리에 쓰러져 잠이 들고 말았다. 여자가 잠이 깊이 들어 코까지 골자 박 씨가 살며시 일어나 여자가 들고 온 보따리를 풀었다. 잘 때 입는 여벌 옷 한 벌이 들었을 뿐이었는데 묵직한 것이 수상했다. 박 씨가 잘

개켜진 옷을 헤치자 그 안에 수건으로 돌돌 말아 단단히 묶은 기름한 물건이 들어 있었다. 수건의 매듭을 잘 풀어 들여다보니 그 안에 날카로운 비수가 한 자루 들어있는 것이었다. 비수에는 '비연'이라는 한문 글자가 새겨져 있었는데 '나는 제비'라는 뜻이었다. 박 씨가 손잡이를 잡자 칼이 휙 하고 박 씨의 손을 빠져나가서 천정까지 휙 날아오르더니 박 씨를 겨냥하고 쏜살같이 아래로 내려왔다. 그 모양이 마치 공중을 날던 제비가 먹이를 발견하고 땅 위로 내리꽂히는 것과 비슷했다. 박 씨가 아슬아슬하게 몸을 피하고 급하게 주문을 외웠다. 그러자 칼이 힘을 잃고 방구석으로 떨어졌다. 박 씨가 칼을 집어 뒤로 감추고 서서 여자를 발끝으로 흔들며 소리쳤다.

"네가 여기까지 와서 할 일은 제쳐두고 기껏 몇 잔술에 취해 잠이 든단 말이냐?"

여자가 깜짝 놀라 공중제비를 넘으며 벌떡 일어나더니 술이 덜 깬 얼굴로 박 씨에게 머리를 조아리며 혀 꼬부라진 소리로 주워섬겼다.

"예, 소녀는 강원도 산골에서 태어나 일찍 부모를 여의고 이리저리 떠돌다가 기생이 된 몸으로 이름은 설중매라 하옵니다."

박 씨가 풋 하고 웃음이 터지는 것을 참고 호령을 하였다.

"내가 이미 너의 정체를 다 알고 있다고 했거늘 또다시 거짓으로 사람을 속이려 드는구나. 너는 호국에서 조선의 두 인물을 해치려고 온 기홍대란 계집이 아니더냐? 목숨이 아깝거든 어서 정체를 밝히고 용서를 빌어라."

여자는 다름 아닌 호 귀비가 보낸 자객 기홍대였다. 설중매라 위장한 정체가 탄로 난 데다가 무기인 비수마저 박 씨의 손에 들어간 것을 보고 기홍대는 단번에 술이 깨면서 얼굴빛이 하얗게 질렸다. 원래 그 칼은 호 귀비가 주문을 걸어놓아서 적을 보면 저절로 공격하게 되어 있는데 그것이 박 씨의 손에 들어가 있다는 것은 박 씨의 술법이 호 귀비보다 높다는 뜻이 아닌가. 애초에 박 씨를 여자라고 깔보고 시장한 김에 술을 주는 대로 벌컥벌컥 받아 마신 것이 실수였다. 이빨과 발톱이 모두 빠진 호랑이가 된 기홍대는 박 씨 앞에 엎드려 목숨만 살려달라고 빌었다.

그 모습을 싸늘한 표정으로 내려다보던 박 씨가 날카롭게 소리쳤다.

"너를 보낸 네 왕과 왕비의 소행을 생각하니 너를 먼저 죽여 분한 마음을 조금이나마 풀 것이로되 네가 본색을 드러내고 용서를 비니 목숨은 살려 주겠다. 이 길로 바로 너의 나라로 돌아가 너의 왕에게 내 말을 전하라. '금수 같은 호왕아 네가 분수에 넘치는 욕심을 품어, 조선을 침범하려고 하니 이는 모두 조선의 운수불길함이나 너의 병력이 아무리 강성할지라도 조선을 쉽게 침노하지 못할 것이다.' 너는 빨리 네 나라로 돌아가 너의 왕에게 나의 이 말을 상세히 전하여라."

기홍대가 죽이지 않는 것만 감지덕지하여 급히 초당에서 나와 후원으로 들어섰는데 갑자기 비바람이 치면서 나뭇잎과 흙모래가 날려 눈을 뜰 수가 없었다. 손으로라도 더듬어 길을 찾으려 했지만 하늘을 찌를 듯 높이 자란 나무들이 서로 얽혀 나가는 길은커녕 주먹만 한 작은 틈도 보이지 않았다. 기홍대가 기가 막혀,

"천하의 기홍대가 작다고 깔보던 조선에 와서 쥐도 새도 모르게 죽게 되니 원통하구나."

큰 소리로 울부짖었다. 그러자 문득 어디선가,

"네 어찌 아직도 네 나라로 안 가고 내 집 마당에서 뺑뺑이를 도는 게냐?"

하는 소리가 들렸다. 바로 박 씨의 목소리였다. 박 씨의 목소리가 이어서 말하였다.

"네가 돌아가는 길에 임경업 장군을 해치려 들었다가는 목숨이 열 개라도 남아나지 않을 것이다. 내가 미리 뜨거운 맛을 보여준 것이니 행여 딴마음을 먹지 말라."

기홍대가 그러겠다고 대답하며 두 번 세 번 머리를 조아리는데 갑자기 회오리바람이 크게 일어나서 기홍대의 몸이 공중에 붕 떴다가 그대로 호국까지 날아가 호왕과 호 귀비 앞에 뚝 떨어졌

다. 호왕과 호 귀비가 깜짝 놀란 것이 물론이다. 호 귀비가 먼저 정신을 차리고 앙칼지게 소리쳤다.

"조선의 인물 두 사람을 죽여 그 머리를 가져오겠다고 큰소리를 치고 나가더니 어찌하여 빈손으로 허공에서 떨어지느냐?"

기홍대가 박씨 부인이 하던 말이 귓가에 맴돌고 호되게 당한 일이 머리에서 떠나지를 않아 사실 그대로를 낱낱이 아뢰었다.

"소녀가 이번에 귀비마마의 명을 받들고 큰일을 이루려고 만리타국에 갔다가 성공은 고사하고 만고에 둘도 없는 여자 영웅 박 씨를 만나 목숨을 부지하지 못 할 뻔한 것을 소녀가 애걸복걸하여 간신히 살아 돌아왔나이다. 박 씨가 소녀를 용서하여 보내면서 폐하를 금수라 부르고 조선을 침략하려는 것은 분수에 넘치는 욕심이니 당장 그만두라고 전하라 하였나이다."

호왕이 기홍대가 전하는 말을 듣고 분해서 펄펄 뛰었다.

"네가 큰소리치고 조선에 나가더니 죽이려던 인물은 죽이지도 못하고 오히려 나에게 욕만 돌아오게 했구나. 내 반드시 조선을 내 손아귀에 넣어서 분을 풀어야 할 텐데 집안에 들어앉은 한갓 아녀자조차 이기기 쉽지 않다니 어쩌면 좋단 말이냐."

호 귀비가 호왕을 달래었다.

"조선에 비록 뛰어난 인물과 명장이 있다고 하지만 조정에는 간신이 세력을 펴고 있어서 충신이 하는 말이 먹히지 않을 것이옵니다. 제가 요사이 천문을 보고 알게 된 것이 있으니 지금 곧 군사를 내어 조선을 치세요. 제가 생각해 놓은 묘수가 있습니다. 군사들이 조선에 들어가거든 바로 의주와 한성을 왕래하는 길목에 날랜 군사를 매복시켜서 서로 소식을 통하지 못하게 하고 의주 부윤 임경업이 지키는 백마산성을 피해서 길을 돌아가되 낮에는 숨어 있고 밤에만 급히 말을 몰아 행군해야 합니다. 내 말대로만 하면 조선 조정이 미처 눈치채지 못하는 사이에 우리 군사가 한성에 입성할 수 있을 것이옵니다."

호 귀비의 말을 들은 호왕이 무릎을 쳤다.

"그거참 좋은 수다. 진작에 그런 묘수를 가르쳐 줄 것이지."

15. 난리

 호왕이 하늘이라도 찌를 듯한 기세로 만조백관을 불러놓고 호통쳤다.

 "호 귀비의 말대로만 하면 조선은 이미 내 손아귀에 든 것이나 다름없다. 누가 선봉이 되어 큰 공을 이루겠느냐."

 호왕의 기세에 덩달아 용기가 생겼는지 장수 두 사람이 뛰어나와 소리쳤다.

 "저희가 비록 재주 없으나 한 떼의 군사를 주시면 조선을 쳐 항복 받겠나이다."

 호왕이 보니 두 사람은 바로 대장군 용골대와 그 아우 용홀대였다. 호왕이 기고만장해서 내친김에 그 자리에서 스스로 황제가 되어 나라 이름을 청이라 하고 연호를 준치 원년으로 정하였다. 그리고 용골대와 용홀대로 좌우 선봉을 삼고 정예 군사 십만을 내주며 명령을 내렸다.

 "병자년(1636년) 십이월 이십팔일에 한성을 쳐서 함락시켜라."

 그때 박 씨가 피화당에 앉아 천문을 살피다가 크게 당황하여 시백에게 말하였다.

"제가 별자리를 보니 호국 군대가 쥐도 새도 모르게 조선의 변경을 침범하였습니다. 어서 입궐하여 전하께 말씀드리고 임경업을 불러 한성의 동쪽으로 들어오는 길을 방비하게 하세요."

시백이 놀라서 곧 입궐하여 만조백관이 모인 자리에서 전하께 박 씨의 말을 전하였다. 그러자 그 말이 끝나기 무섭게 좌중에서 한 사람이 뛰어나와 소리쳤다.

"바야흐로 나라가 태평하여 백성들이 모두 전하의 덕을 칭송하며 근심 걱정 없이 살아가고 있는 마당에 북방 오랑캐가 침범한다는 망언으로 전하의 심기를 어지럽히는 속셈이 무엇인지 모르겠나이다. 더구나 의주 부윤 임경업을 불러들여 한성의 동쪽을 지키게 하라니 이는 의주를 지키는 임경업으로 하여금 오랑캐가 오는 길을 비우게 할 속셈인즉 그 저의가 심히 의심스럽사옵니다."

모두 놀라서 바라보니 바로 영의정 김자점이었다. 김자점은 본래 자기보다 잘난 사람은 시기하여 모함하고 아첨하는 무리들과 한통속이 되어 국정을 어지럽히는 간신이었다. 하지만 처세에 능하여 영의정이란 높은 벼슬에 올라 있으니 다른 신하들은 혹시나 무슨 덤터기라도 쓸까 두려워 아무 말도 못 하였다. 결국 시백이 한 말은 더 이상 논의가 되지 못한 채 흐지부지되어 버렸다.

시백이 퇴궐하여 집에 돌아가 박 씨에게 자초지종을 말하였다. 박 씨는,

 "나라가 불행한 운명을 맞게 되니 김자점 같은 소인배가 조정을 쥐고 흔드는군요. 머지않아 호국 군대가 한성으로 쳐들어올 것이니 상공께서는 전하의 곁을 떠나지 말고 끝까지 신하 된 도리를 다하세요."
하고 눈물을 흘렸다.

 며칠 뒤 박 씨가 또 시백에게 말하였다.

 "호국 대장 용골대 형제가 납월 이십팔일에 동대문을 깨치고 물밀듯이 들어올 것입니다. 부디 그날을 기억하셔서 전하를 모시고 경기도 광주에 있는 남한산성으로 급히 피하시어 화를 면하시옵소서."

 시백이 곧 입궐하여 임금께 아뢰었다.

 "신의 처 박 씨의 말이 납월 이십팔일 밤에 호국이 북으로 돌아 동대문을 깨치고 들어올 것이니 전하와 세자 대군을 남한산성으로 모셔 화를 면하시게 하라 하였사옵니다. 신이 박 씨의 신령스러움을 아는 고로 전하께 아뢰옵니다."

 임금이 놀라서 곧 산성으로 갈 채비를 차리라고 명령을 내리려는데 영의정 김자점과 좌의정 박운학이 나서서 말했다.

 "이시백이 태평성대에 이런 사리에 맞지 않는 흉악한 말을 하

여 전하의 성심을 흔들리게 하오니 이 자리에서 이시백의 벼슬과 품계를 빼앗아 후일의 경계를 삼으소서."

임금이 어느 쪽 말을 들어야 할지 몰라 주저하고 있는데 홀연 공중에서 선녀 한 사람이 비수를 옆에 끼고 나비처럼 날아내려 대궐 뜰에서 임금에게 절을 하였다. 임금이 놀라서,

"선녀께서는 무슨 일로 하계에 내려오시나이까?"

하고 물었다.

"신첩은 이시백의 부인 박 씨의 시중을 드는 하녀 계화라 하옵니다. 박 부인이 신첩에게 이르되 지금 성상께서 간신 김자점의 참소를 들으시고 망설이며 주저하고 계실 것이니 네 급히 들어가 나의 말을 아뢰어 남한산성으로 급히 떠나시게 하라 하였사옵니다."

말을 끝낸 계화가 옆에 끼었던 비수를 칼집에 꽂고 손으로 김자점과 박운학을 가리키며 꾸짖었다.

"김자점 박운학은 들으라. 너희들의 벼슬이 정승에 이르렀으되 나라의 은혜를 갚을 것은 생각하지 못하고 어찌하여 전하께 옳은 말을 올리는 충신을 참소하고 온갖 꾀를 써서 해치려 드느냐."

그리고 땅에 엎드려 임금께 아뢰었다.

"만일 이 밤을 지체하시면 큰 화가 미칠 것이니 박 부인의 말을 어기지 마시옵소서."

말을 끝낸 계화는 표연히 공중으로 몸을 날려 사라졌다. 임금이 눈앞에 벌어진 신기한 일을 보고 정신이 번쩍 들어 그 당장 이시백에게 광주유수를 제수하여 어가를 호위하라 하고 내전과 세자 대군을 거느리고 남한산성을 향해 피난길에 올랐다. 김자점을 비롯한 간신들도 서로 눈치를 보다가 슬금슬금 대궐을 빠져나갔다.

이시백과 충신들이 어가를 호위하여 산성으로 떠난 지 얼마 지나지 않아 용골대가 십만 군사를 거느리고 한성으로 쳐들어왔다. 그들은 성안 백성들을 제 마음대로 죽이고 재물을 약탈하였다. 심지어 대신들의 집까지 피해를 보니 피난하는 백성들이 도로에 가득 차고 통곡하는 소리와 비명, 잃어버린 가족들을 부르며 외치는 소리로 온 성안이 떠나가는 듯하였다.

아수라장이 된 속에서 용골대가 군사를 거느리고 대궐에 쳐들어가 보니 임금이 이미 남한산성으로 피난한 뒤였다. 용골대가 한발 늦었음을 분하게 여기고 용홀대에게 한성을 지키라 하고 자신은 철갑옷을 입고 말을 탄 병사 오 천명을 거느리고 송파를 거쳐 남한산성으로 갔다. 성 아래 평평하고 넓은 평원에 진을 친 후 산성 남문을 에워싸고 크게 외쳤다.

"살고 싶으면 빨리 문을 열고 항복하라."

남문 수문장이 이 소리를 듣고 급히 산성 안으로 들어가 임금에게 아뢰었다.

"적장 용골대가 남문에 와서 문을 열라 하니 전하께옵서는 어서 군졸을 내보내시어 적군이 들어오지 못하게 방비하옵소서."

임금은 황망하여 어쩔 줄을 몰랐다.

"이는 하늘이 우리나라를 망하게 함이로다. 삼백 년 지켜낸 나라가 과인에게 이르러 망할 줄이야!"

하고 용포 소매가 다 젖도록 눈물을 흘렸다.

"전하께서는 너무 심려치 마옵소서. 이는 다 하늘의 운수라, 인력으로는 어쩔 도리가 없사옵니다. 적이 제아무리 강성하여도 산성의 네 군데 성문이 견고하니 제 놈들 뜻대로 침범하지는 못할 것입니다."

이시백과 신하들이 그런 말로 임금을 위로하고 있는데 갑자기 대포 쏘는 소리가 천지를 진동시켰다. 모두 놀라 전각 밖을 내다보니 철갑을 입은 적병들이 개미 떼처럼 몰려들어 성벽을 철통같이 에워싸고 사다리를 놓고 일시에 기어올라 성안을 향하여 총을 쏘는 것이었다. 쇠로 만든 탄환이 비 오듯 쏟아졌다. 안 그래도 적병이 성을 에워싸서 도망갈 수도 없고 독 안에 든 쥐처럼 몰살을 당하나 보다 하고 간이 콩알만 해져서 떨고 있던 성안 백성들은 어쩔 줄을 몰랐다. 철환에 맞아서 죽거나 다친 사람들이 길 위에 즐비하고, 피해서 도망치다 서로 부딪치고 짓밟혀 통곡하는 소리로 온 성이 떠나갈 듯하였다. 임금과 신하들이 모두 놀라고 두려워 어쩔 바를 모르고 있는데 홀연 공중에서 크게 외치는 소리가 들렸다.

"성상은 과히 근심치 마시고 적군과 화친하소서. 용골대가 필연 화친의 조건으로 세자와 대군을 볼모로 잡아가려고 나올 터라 망극하기 짝이 없사오나 이 또한 나라의 위태함을 면하려면 어쩔 수가 없나이다. 국운이 불길하여 오랑캐의 침해를 받는 것은 다 하늘이 정해놓은 운수인 때문이옵니다. 신첩이 한번 나서서 칼을 들면 용골대의 머리와 오랑캐 무리 십만 명을 풀 베듯 할 것으로되 하늘의 뜻을 어길 수가 없사오니 용서해 주옵소서. 광주유수 이시백의 처 박 씨가 감히 아뢰옵니다."

임금이 박 씨의 말을 듣고 어쩔 수 없는 상황이라는 것을 깨닫고 신하를 적진에 보내어 화친을 청하였다. 적장 용골대는 박 씨의 말대로 화친의 조건으로 세자와 대군을 볼모로 데려가겠다고 하였다. 조선 조정은 용골대의 군대와 맞서서 싸울 군사도 없고 식량도 부족하여 성안에서 더 이상 버틸 힘이 없었다. 어쩔 수 없이 그들이 내거는 모든 조건을 다 들어주기로 한 다음에 적군이 물러가니 난리가 끝이 났다.

16. 용홀대의 죽음

 한편 용골대가 임금이 피난한 남한산성을 향해 떠난 뒤 용홀대는 신이 나서 도성 안을 휘젓고 다녔다. 미처 피난을 가지 못한 사람들을 해코지하고 집이 비었건 사람이 있건 상관없이 들어가 쓸 만한 물건들을 훔치거나 빼앗았다. 그러다가 한 곳에 이르러서 보니 높다란 소슬 대문이 조용하게 닫혀 있는 큰 집이 나타났다. '이것 봐라? 이 난리 통에 대문을 닫고 조용하다니 마치 딴 세상에 온 것 같구나. 대문이 이처럼 큰 걸 보니 틀림없이 엄청난 부자거나 높은 벼슬을 한 사람이 살고 있는 집인가 보다. 아마도 값진 물건들이 많겠지?' 용홀대는 속으로 생각하며 신이 나서 큰 소리로 문을 열라고 고함을 치며 대문짝을 발로 찼다. 떠드는 소리와 쿵쾅거리는 소리가 안채에까지 퍼졌다.
 그 집은 바로 우의정 이시백의 집이었다. 시백이 임금을 호위하기 위해 남한산성으로 떠나서 외당은 텅 비었고, 내당에는 난리가 나기 직전에 박 씨가 통기하여 모여든 친척 부인네들이 가득 차 있었다. 그들은 용홀대가 고함을 지르며 대문을 발로 차는 소리가 안채에까지 들려오자 모두 울상이 되었다.

"이제 우리는 여기 한데 모여 있다가 한꺼번에 오랑캐한테 끌려가게 생겼어요."

"오랑캐한테 잡혀가느니 차라리 이 자리에서 죽읍시다."

소동이 일어나자 박 씨가 차분한 목소리로 말했다.

"너무 놀라지들 마세요. 저 오랑캐놈들은 절대 이 집 대문을 넘어서지 못할 것입니다. 설령 어떤 놈이 대문 안으로 들어온다 한들 안채에는 얼씬도 하지 못할 것이니 무서워하실 것 없습니다. 제가 여러분들을 지켜 드리겠습니다."

박 씨의 침착한 언동에 방안의 소란이 점차 수그러들었다. 그들은 박 씨가 예전에 잔치 자리에서 술주정뱅이 부인에게 술이 절반만 차는 술잔을 만들어 준 일과 음식이 쏟아져 얼룩진 치마를 화롯불에 던져 태워서 새 치마로 변하게 한 일을 생각해 냈다. 그런 신통력이 있는 사람이 옆에 있으니 자신들을 지켜 주리라는 믿음이 생겼다.

그러나 우의정 집의 육중한 대문은 용홀대의 발길질 몇 번으로 열리고 말았다. 용홀대는 신이 났다.

"그러면 그렇지. 이 용 장군님의 발길질은 쇠 대문도 부술 판에 이까짓 나무문이 열리지 않고 배겨? 자 다들 나를 따라 안으로 들어가자. 물건이고 사람이고 몽땅 다 끌어내라."

기고만장1해서 외치면서 선뜻 문 안으로 들어섰는데, 어라? 부하들이 따라 들어오는 기척은 없고 등 뒤에서 쾅 하고 대문이 닫히는 소리가 들렸다. 용홀대는 왠지 등골이 서늘해져서 저도 모르게 뒤를 돌아보았다. 뒤따르던 부하들은 대문 바깥쪽에 남았는지 한 사람도 보이지 않고 다시 고개를 돌렸을 때는 난데없이 하늘을 찌를 듯 큰 나무들이 빽빽하게 우거져 앞을 막고 있지 않은가. 햇빛도 잘 비치지 않는 숲속은 어두컴컴하였다. 용홀대가 당황해서 나갈 길을 찾느라고 사방을 둘러보니 나뭇가지들이 서로 엉켜 용틀임을 하고 있는데 자세히 보니 그것들이 전부 뱀이었다. 엉겨 붙어있는 뱀들 사이사이에 눈이 불덩이처럼 빨갛게 빛나는 커다란 새들도 앉아 있었다. 새들은 새까만 날개를 퍼덕이며 못으로 쇠판을 긁는 것 같은 듣기 싫은 소리로 '우울르르……. 우울르르…….' 하고 울었다. 그것이 꼭 '용홀대야, 용홀대야' 하고 부르는 소리 같아서 기분이 나빴다. 나뭇가지에 엉겨 붙은 뱀들도 살기 어린 가느다란 눈으로 용홀대를 쏘아보며 갈라진 붉은 혀를 날름거리니 등골이 오싹했다. 그러나 형 용골대를 따라 수많은 전장을 누비며 형 못지않은 용맹을 떨쳐온 용홀대였다.

"에잇 이 요망한 것들."

---

1 기고만장: ① 일이 뜻대로 잘되어 뽐내는 기세가 대단함. ② 펄펄 뛸 만큼 몹시 성이 남.

고함을 지르면서 칼을 휘둘러 나무 둥치를 쳤다. 엉겨 붙었던 뱀들이 우수수 떨어지고 붉은 눈을 가진 새들은 날개를 퍼덕이며 날아올라 갈고리처럼 구부러진 두 발로 용홀대의 눈을 후비려고 덤벼들었다. 용홀대는 으악 소리를 지르면서 정신없이 칼을 휘둘렀다. 일순간은 새와 뱀들을 물리친 것 같았다. 하지만 뱀이 떨어진 자리에는 이내 또 다른 뱀들이 엉겨 붙었다. 아무리 칼을 휘둘러봤자 나뭇가지에 엉겨 붙은 뱀들은 조금도 줄지 않고 땅 위로 떨어진 뱀들은 꿈틀거리면서 용홀대의 바지 위로 기어오르려고 고개를 곤추세우고 혀를 날름거렸다. 그렇게 한참을 새와 뱀을 상대로 칼을 휘두르며 싸우다 보니 용홀대는 점점 기운이 빠졌다. 자칫하다간 그대로 뱀 떼에 파묻혀 쥐도 새도 모르게 죽을 것만 같았다. 대문 밖으로 나가려고 뒤돌아서 봤지만 어디가 앞쪽이고 뒤쪽인지 구분할 수 없어서 한 자리에서 뺑뺑이를 돌 따름이었다. 지금까지 수없이 많은 전쟁터에서 적과 싸워서 져 본 적이 없는 용홀대였지만 이젠 꼼짝없이 죽게 되었구나 싶어 겁이 더럭 났다. 누구라도 눈앞에 보이면 살려달라고 빌고 싶었다. 바로 그때 하늘을 찌를 듯이 높이 솟은 나무꼭대기에서 날카로운 여자 목소리가 울려 퍼졌다.

"네 이놈 용홀대야. 무지한 오랑캐 놈이 하늘의 뜻을 거스르고 남의 나라를 쳐들어와서 이 집이 뉘 집인 줄 알고 대문을 발로 차 열고 들어왔느냐. 죽고 싶거든 고이 머리를 내밀어라."

말이 끝나면서 누군가가 공중에서 가볍게 몸을 날려 용홀대의 앞에 와 섰다. 용홀대가 저도 모르게 뒤로 한 발 물러서며 바라보니 호리호리한 몸매에 허리끈을 바짝 졸라맨 곱상하게 생긴 젊은 여자였다. 용홀대가 여자라고 얕보고 마주 소리를 질렀다.

"조선에 나가면 박 씨라는 여자를 조심하라고 귀비 마마가 말씀하시더니 네가 바로 그 박 씨인 게로구나. 어디서 한 줌도 못 되는 여자가 버르장머리 없이 요사스러운 술법으로 장부의 눈을 홀리려 드느냐? 네 당장 술법을 거두고 길을 내어라."

"우리 아씨같이 귀하신 분이 짐승 같은 오랑캐 놈을 상대하시겠느냐? 나는 아씨의 하녀 계화다. 동방예의지국인 우리 조선을 너희 같은 야만족의 무리가 무단히 침략하였으니 그 죄는 하늘이 용서 못 할 것이다. 우리 아씨께서 우선 네 놈의 머리부터 베어오라 하셨으니 어서 목을 내밀어 내 칼을 받아라."

계화가 앙칼지게 외치며 긴 칼을 빼들고 앞으로 나섰다. 사방에 우글거리던 뱀과 새들은 어디로 갔는지 사라지고 숲속 빈터에 여자 혼자 칼을 들고 서 있을 뿐이라 용홀대는 여태껏 살길을 찾아 헤매며 죽을 둥 살 둥 하던 마음이 분노로 바뀌었다.

"이 요망한 것을 내 이 한 칼에……."

고함을 천둥같이 치면서 큰 칼을 휘둘러 계화를 두 동강 내려

달려들었다. 그러나 계화는 사뿐히 공중으로 뛰어올라 용홀대의 머리 위를 넘어서 등 뒤로 내려섰다. 용홀대가 기척을 느끼고 잽싸게 뒤돌아서며 칼을 휘둘렀으나 한발 늦었다. 계화의 칼이 먼저 용홀대의 머리 위에서 번쩍하더니 시커먼 수염에 휩싸인 용홀대의 머리가 투구를 쓴 채로 땅바닥으로 떨어져 굴렀다.

 계화가 곧 땅바닥에 뒹구는 용홀대의 머리를 칼끝에 꿰어 들고 안채로 들어갔다. 마당 끝에 서서 기다리고 있던 박 씨가 흘낏 한 번 보고는 눈썹을 찡그리며 외면하고 말했다.

 "흉측한 물건이라 다시는 보고 싶지 않다마는 오랑캐군사들이 또 올 것이니 본보기로 초당 앞 나무 위에 걸어 두게 하여라."

 계화가 분부대로 남자 하인을 불러 피화당 앞 높은 나무에 용홀대의 머리를 매달아 놓게 하였다.

17. 분통 터진 용골대

 싸움에 이긴 용골대가 신이 나서 세자와 대군을 볼모로 삼아서 한성으로 돌아오는데 길목을 지키고 있던 군졸들이 급히 달려와서 용홀대의 죽음을 알렸다. 용골대가 뜻밖의 소식에 놀랍고도 분통이 터져서,

 "세상천지에 내 동생 용홀대보다 무예가 뛰어난 자가 없거늘 어쩌다가 누구 손에 목숨을 잃었단 말이냐?"

 고함을 지르는데 찢어진 눈꼬리가 하늘로 치솟고 눈동자가 불덩이처럼 활활 타올랐다. 군졸이 겁이 나 벌벌 떨며 용홀대가 우의정 이시백의 집 후원을 침범했다가 여자 손에 변을 당하였다고 사실대로 대답하였다.

 "무엇이? 여자 손에? 분명히 요사스러운 꾀로 내 동생을 함정에 빠뜨렸을 것이다. 내가 어찌 용서할 수 있으랴. 내 당장 가서 동생의 원수를 잡아 죽이고 이시백의 집을 쑥대밭으로 만들어 놓겠다."

 용골대는 즉시 부하들을 데리고 말을 달려 우의정 이시백의 집을 찾아갔다. 가보니 높은 담장에 둘러싸인 집안은 고요하고

대문이 굳게 닫혀 있는데 담장 안 후원의 높은 나뭇가지에 동생 용홀대의 머리가 매달려 있는 것이 아닌가. 그것을 본 용골대는 몸의 피가 거꾸로 솟는 것만 같았다.

"박 씨는 어떠한 여자인데 감히 내 아우를 죽이고 또 그 머리를 저 큰 나무에 매달아 놓았으니 괘씸하기 짝이 없구나. 바삐 나와 내 칼을 받으라."

벼락치듯 소리를 질렀다. 안채에까지 들리는 고함에 박 씨가 싸늘한 웃음을 짓더니 계화를 보고 말했다.

"네가 가서 상대하되 죽이지는 말고 내 말대로 하여서 간담을 서늘하게 만들어라."

계화가 박 씨가 하는 말을 귀담아들은 후에 옷매무새를 가뜬하게 하고 손에 칼을 들고 문밖으로 뛰어나갔다. 말 위에 앉은 용골대의 얼굴은 잘 익은 대춧빛이요, 두 눈을 번개가 치는 것처럼 번쩍이며 희번덕거리는 것이 인상이 흉악했다. 그 앞에서 계화가 쳐다보면서 목청을 가다듬어 약을 올리듯 소리쳤다.

"용골대야 네가 대장으로 조선에 와서 나처럼 조그마한 여자한테 욕을 보고 돌아가려 하니 어찌 불쌍하지 않으냐."

용골대가 말 위에서 내려다보고 가소롭다는 듯이 콧방귀를 뀌었다.

"어디서 쥐방울만 한 계집아이가 주둥이를 함부로 놀려서 대장부를 욕보이려 드는 거냐. 한칼에 두 동강을 내어서 내 아우의 원수를 갚으리라."

용골대가 계화를 한껏 얕잡아보고 단칼에 요절을 내려고 덤벼들었다. 그러나 계화는 말을 탄 용골대보다 한길은 더 높이 뛰어올랐다 내려오며 용골대의 정수리를 바라고 칼을 내리쳤다. 용골대가 뜻하지 않은 공격에 허겁지겁 몸을 피했다. 그 뒤로 둘이 맞서 싸우기 십여 합에 이르자 용골대는 계화의 칼 솜씨를 당해 내기 어렵다는 것을 깨달았다. 그래도 여전히 오기는 남아서 칼을 세우고 서서 을러대었다.

"대장부가 네까짓 것을 상대로 더 이상 길게 싸우기도 귀찮으니 그만하고 내 아우의 머리나 내놓아라. 안 그랬다가는 군사들을 시켜서 이 집 안팎을 모조리 짓밟아 쑥대밭을 만들어 놓겠다."

계화가 같잖다는 듯이 큰 소리로 웃고 나서 대꾸했다.

"어림없는 수작 말아라. 나라 운수가 불길하여 너희 오랑캐에게 욕을 보았거니와, 너의 아우 하나는 우리 부인의 신령스러운 능력으로 목을 베어 나라의 위엄을 빛내었으니 어찌 그 머리를 줄까 보냐. 우리 부인이 네 아우의 머리로 침 뱉는 그릇을 만들어 임금님께 진상하실 것이다. 임금님께서 너희들 오랑캐가 조선을 짓밟은 일이 생각나실 때마다 그 그릇에 침을 뱉어 설욕을 하시리라. 우리 부인께서 너를 죽이지는 말고 욕만 보여 돌아가게 하라 하셨으니 나도 더 이상 너를 상대하지 않겠다. 네 아우 머리는 단념하고 네 머리나 잘 보존하여서 돌아가라. 안 그랬다가는 우리 부인께 더 큰 욕을 당할 것이다."

용골대가 계화의 말을 듣고 분이 머리끝까지 치밀어서 칼 대신 삼백 근이나 나가는 무거운 철퇴를 들고 다시 덤벼들었다. 이번에는 계화가 거짓으로 지는 척하고 달아나 안으로 들어가 대문을 굳게 잠가 버렸다. 용골대가 뒤를 바싹 따라붙어 곧 잡힐 듯하던 계화가 홀연 눈앞에서 사라지니 우뚝 멈춰 서서 사방을 둘러보았다. 그곳은 바로 후원 담 밖이라 울창하게 우거진 숲에 가려서 그 안이 어떻게 생겼는지 알 수가 없었다.

"이 요망한 계집이 필시 이 담 안에 숨었으렷다. 내가 가만두나 봐라."

용골대가 이를 부득부득 갈며 말을 탄 채 몸을 날려 담장을 넘으려 하는 순간 도원수로 따라온 황자명이 용골대의 말고삐를 잡았다.

"장군님 잠깐 제 말씀을 들어 보세요. 아무리 정승의 집이라 하나 후원에 이처럼 울창한 숲이 우거진 것이 예사롭지 않습니다. 용 장군께서도 이 후원에 들어 가셨다가 목숨을 잃으셨다 하지 않습니까? 그러니 그때 따라갔던 군사에게 전후 사정을 들어 보신 후에 조처하셔도 늦지 않을 것입니다."

용골대가 도원수의 말을 무시하지 못하고 용홀대를 따라갔던 군졸들을 불러 용홀대가 죽은 전말을 자세히 말하라고 하였다. 그러자 그중 하나가 앞에 나와 머리를 조아리며 말했다.

 "저희가 그날 용 장군님을 따라 여기까지 오기는 했으나 집 안에는 장군님 혼자 들어가셔서 자세한 사정은 모르옵니다. 단지 장군님이 들어가신 후에 광풍이 불어 나뭇가지가 흔들리고 장군님의 고함과 여자 목소리가 난 후에 한참 있다가 장군님의 머리가 저처럼 나무 위에 걸린 것을 보고 돌아가신 줄 알았습니다."

 "과연 내 동생이 여자의 손에 죽은 것이 틀림이 없구나. 아무도 말리지 마라. 동생의 원수를 갚으려는 내 앞을 막는 자가 있으면 그놈부터 내 칼맛을 보여 주겠다."

 다시 담을 넘으려는 용골대를 도원수가 한 번 더 막아섰다.

 "제 말 한 마디만 더 들어 보세요. 용 장군 같은 무예로 어찌 한 여자를 이기지 못하고 죽임을 당했겠습니까. 아무래도 저 숲이 그냥 나무만 울창한 것이 아니라 무슨 조화를 부리는 게 틀림없습니다. 한때의 분함을 참지 못하고 혼자 들어갔다가는 무슨 일을 당할지 모릅니다. 저 숲을 절대 우습게 보면 안 될 듯합니다."

 용골대가 버럭 화를 내며 소리쳤다.

 "그렇다면 내가 저 숲에 불을 질러 몽땅 태워버리고 말겠다. 불에 타서 없어지면 조화고 무엇이고 부릴 수 없을 테니."

용골대는 앞을 막아서는 도원수를 밀쳐서 쓰러뜨리고 부하들에게 큰 소리로 명령을 내렸다.

"담을 빙 둘러 불을 놓고 불붙인 화살을 무수히 쏘아서 숲을 태워라."

부하들이 일제히 대답하고 달려들어서 담장에 불을 지르고 후원 숲을 향해 불붙인 화살을 쏘아댔다. 도원수가 쓰러진 자리에서 간신히 몸을 일으켰으나 용골대의 기세에 눌려 입도 뻥긋 못하고 두려움에 질린 얼굴로 불길에 휩싸인 숲을 바라보기만 했다. 용골대가 큰 소리로 웃음을 터뜨렸다.

"모두 똑똑히 보아라. 이 숲이 내 동생을 죽게 했다니 내가 숲을 태워 복수를 하는 것이다. 세상에 불에 안 타는 나무가 있다면 나와 보라고 해라."

그러나 용골대의 웃음소리는 곧 놀라서 지르는 억 소리로 바뀌었다. 불타는 후원의 나무들을 감싸고 어마어마한 회오리바람이 불더니 나무들이 모두 갑옷 입은 장수들이 되어 칼과 창을 들고 용골대의 부하들을 공격하는 것이 아닌가. 전쟁터 한 가운데처럼 징과 꽹과리 소리가 요란하게 들려오더니 어디서 나타났는지 호랑이까지 날뛰기 시작했다. 용골대의 부하들이 정신을 차리지 못하고 서로 부딪혀 쓰러지고 밟혀 죽는 자가 무수했다. 용골대가 당황해서 급히 남은 군사들을 데리고 뒤로 물러났다. 그러자 자욱했던 연기가 흩어져 사라지고 언제 무슨 일이 있었느냐는 듯 하늘이 맑아지고 사방이 고요해졌다. 후원의 나무들도 그대로였고 나뭇가지에 매달린 용홀대의 머리도 여전했다. 용골대는 한 번 더 분노가 치밀어 올랐다.

"그까짓 눈속임에 놀라서 물러날 이 용골대가 아니다. 어디 한번 제대로 붙어보자."

맹수처럼 울부짖으면서 담장을 뛰어넘으려는 순간 홀연 후원의 우거진 나무 사이에서 계화가 다시 나타나 가볍게 몸을 솟구쳐 용골대 앞에 와 서서 카랑카랑한 목소리로 외쳤다.

"이 어리석은 용골대야, 네가 기어이 내 칼에 죽으려고 목숨을 재촉하느냐?"

용골대가 마주 꾸짖었다.

"이런 못된 것이 있나. 내 동생이 네 같잖은 속임수에 넘어가 죽은 것도 분하고 원통한데 감히 내 목숨까지 노리다니. 용서할 수 없다."

"네 동생 용홀대가 흉포하고 어리석어 감히 귀하신 분이 사는 곳을 침범했다 죽은 것은 자업자득[1]이라 하려니와 너마저 사리

---

1 자업자득: 자기가 저지른 일의 과보를 자기가 받음.

를 깨닫지 못하고 목숨을 버리려 드느냐? 애초에 너희 무도한 오랑캐 무리가 가만히 있는 조선을 침범한 것부터 잘못이니 죽고 싶지 않으면 내 앞에 무릎 꿇고 용서를 빌어라.”

　용골대가 분통이 터져 앞뒤 가리지 않고 급히 활시위에 쇠 활을 매겨 계화에게 쏘았다. 여태껏 활 솜씨 뛰어난 용골대의 화살을 피한 사람은 없었다. 그러나 계화가 서 있던 자리에서 나비나 새처럼 날아오르는 바람에 화살은 속절없이 땅 위로 떨어지고 말았다. 용골대가 이를 부득부득 갈며 부하들에게 일제히 활을 쏘라고 했으나 계화가 바람 타고 날아다니는 연처럼 하늘에서 오르락내리락하니 아무도 계화를 맞히지 못했다. 용골대가 분을 이기지 못하고 미친 사람처럼 날뛰며 부하들을 독촉하여 앞장서서 담장을 빙 둘러 화약을 묻고 불을 질렀다. 화약이 터지는 소리가 천지를 진동하고 불길이 담장을 둘러싸고 맹렬히 타올랐다. 용골대가 광기 어린 웃음을 터뜨렸다.

　“보아라, 이제 담장 안에 있는 것들은 독 안에 든 쥐가 되어 모조리 타죽을 것이다.”

　그러나 그 웃음소리가 미처 그치기도 전에 계화가 공중으로 솟아올라 품속에서 꺼낸 부채로 부채질을 시작하니 담장을 에워쌌던 불길이 갑자기 방향을 바꿔 용골대의 진영쪽으로 몰려왔다. 용골대가 미쳐 날뛰는 바람에 정신을 못 차리고 시키는 대로 하기 바빴던 용골대의 부하들이 화염 속에서 울부짖었다.

"장군님, 우리를 살려 주세요."

"제발 공격 명령을 거두시고 군사를 돌리세요."

"장군님 명령 하나 때문에 청나라 십만 대군이 다 죽습니다."

도원수 황자명도 옆에서 두 손을 비비며 우는 소리로 애원했다.

"용 장군, 이러다가 우리가 데리고 나온 십만 대군을 다 불태워 죽이면 무슨 낯으로 황제 폐하를 뵐 것입니까? 제발 정신을 차리세요."

그 말에 용골대가 새 정신이 드는 듯 한숨을 길게 쉬고 나서 곧추세웠던 큰 칼을 밑으로 내리고 말 위에 앉아 큰 소리로 외쳤다.

"불길을 멈추고 길을 내주면 이대로 돌아가겠다."

그 사이에 계화는 어디로 갔는지 보이지도 않는데 용골대의 말에 대답이라도 하는 것처럼 거세게 타오르던 불길이 슬그머니 잦아들었다. 그 속에서 빠져나온 용골대의 부하들은 갑옷이 타서 험상스러운 몰골에 재투성이가 되긴 했지만 크게 다치거나 죽은 자는 없었다. 그들은 믿기지 않는다는 듯이 서로 돌아보며 어리둥절한 표정을 지었다. 부하들이 안 죽고 멀쩡한 것을 보고 용골대가 내렸던 칼을 다시 들어 올려 허공에 휘두르며 악을 썼다.

"이제 보니 불길에 담장이 타지 않은 것도 우리 쪽으로 온 것도 다 속임수가 아니냐. 여자에게 속고 이대로 돌아가서 대장부의 체면을 구길 수는 없다. 한 번 더 공격이다."

하지만 겁에 질린 부하들은 서로서로 눈치만 볼 뿐 먼저 나서는 자가 없었다. 용골대가 칼을 휘두르며 천둥 치는 소리로 악을 썼다.

"이놈들 내 명령이 들리지 않느냐? 다들 등신이 되었느냐? 내 칼맛을 봐야 정신을 차리겠느냐?"

용골대의 부하들은 머리 위에서 휘둘러지는 칼날에 당장에라도 목이 떨어질 것 같았다. 그렇다고 한 번 더 공격할 엄두도 나지 않아 한 덩어리로 엉겨 붙어 일제히 울음을 터뜨렸다.

"이놈들아 울긴 왜 우는 거냐? 어디 초상이라도 났다더냐?"

용골대가 약이 바짝 올라 부하들의 머리 위에 칼을 번쩍 들어 올렸을 때였다. 연기와 불길이 말끔히 개어 청명해졌던 하늘에서 갑자기 우박과 함께 비가 쏟아지기 시작했다. 곧이어 하늘과 땅 사이에 두 줄기 무지개가 서면서 한 겨울에 장마철 같은 비가 내리더니 그 비가 다 땅에 얼어붙어 빙판이 되었다. 용골대와 부하 장수들이 타고 있는 말의 발굽이 그 위에 얼어붙어서 꼼짝을 할 수 없는데 공중에서 여인의 목소리가 울려 퍼졌다. 날카로운 계화의 목소리와 달리 청아하면서도 위엄 있는 목소리였다.

"네 이놈 용골대야, 아직도 정신을 못 차렸느냐. 나는 우의정 이시백의 부인 박 씨다. 우리 조선은 예로부터 동방예의지국이라 어질고 의로운 백성들의 나라인데 나라의 운수가 막히고 불길하여 너희 같은 오랑캐에게 힘으로 굴복을 당하니 어찌 분하고 원통하지 않겠느냐. 내 마음 같아서는 너희 형제와 군사들을 모조리 몰살시키고도 싶었으나 내가 본시 살생을 좋아하지 않고 목숨의 중함은 하늘이 내리신 바라 이만 참고 놓아 보내기로 하겠다. 다만 왕비 전하께서 아직 환궁하지 못하시고 산성에 그대로 계시니 당장 피화당으로 모셔다 놓아라. 안 그러면 서 있는 곳에서 한 발짝도 움직이지 못하리라."

온몸이 얼어붙어 말 위에서 꼼짝을 못 하는 용골대가 겨우 입을 놀려 부하들에게 어서 남한산성에 가서 왕비 전하를 모셔 오라고 명령을 내렸다. 용골대의 부하들이 왕비를 모셔오자 박 씨가 급히 나와 땅에 엎드려 통곡하고 곧 피화당으로 모셨다. 그제야 용골대가 몸이 녹아 말머리를 돌리는데 계화가 홀연히 편지 한 장을 들고 나타났다.

"우리 부인의 전하는 말씀이니 잘 들어라. '네가 돌아가다가 의주에 도착하면 임경업 장군이 너를 죽이려 들 것이니 그때 장군께 이 편지를 드리라. 그러면 목숨을 구하여 돌아갈 수 있을 것이다. 그리고 부득이하여 세자와 대군을 모셔가게 하거니와 만

분지일이라도 불의한 일이 생길 시에는 앙화를 면치 못할 것이니 조심해서 모셔가라' 알겠느냐?"

용골대가 힘없이 편지를 받아 들자 계화는 눈 녹듯이 눈앞에서 사라져 버렸다.

18. 난리가 끝나고

　용골대는 전쟁에 이겼지만 기분이 마냥 좋지만은 않았다. 조선과 화친하고 세자 내외와 대군을 인질로 잡아가는 것으로 조선 침략의 목적은 이루었지만 동생 용흘대가 박 씨라는 한 여인에게 죽임을 당했고, 복수를 하겠다고 나선 자신조차 박 씨에게 호되게 혼이 나고 물러가는 신세가 되었던 것이다. 용골대는 그 창피한 기억을 지우기라도 할 듯 요란하게 승전고를 울리며 군사들의 앞장을 섰다.
　행렬이 이윽고 의주 땅에 이르렀을 때였다. 문득 말 탄 장수 한 사람이 길 가운데 서서 칼을 들어 행렬을 막았다.
　"나는 의주 부윤 임경업이다. 네 놈들이 약삭빠르게 백마산성을 피해 가는 바람에 한성으로 가는 길을 막지 못한 것이 천추의 한이 되어 분이 골수에 사무쳤다. 여기서 네놈들을 모조리 죽여 그 분을 풀어야겠으니 용골대 네놈부터 목을 늘여 내 칼을 받아라."
　용골대가 십만 군사를 끌고 조선을 쳐들어올 때 임경업은 의주 부윤으로 있었다. 하지만 그들이 임경업이 지키고 있는 백마산성을 피해서 밤에만 몰래 행군하여 한성으로 향하는 바람에 임경업은 뒤늦게야 용골대가 한성에 침입한 것을 알았던 것이다.

"무엇이 어쩌고 어째? 조선 임금이 우리와 화친하고 세자와 대군까지 내주었는데 이제 와서 감히 용 장군의 목을 달라니? 네 놈이 먼저 내 칼을 받고 목을 바쳐라."

행렬의 앞쪽에서 한 장수가 용골대를 대신하여 칼을 뽑아 들고 임경업에게 달려들었다. 제법 한다하는 장수였으나 임경업에는 당할 수가 없어 단칼에 목이 떨어졌다. 또 한 장수가 나섰다. 한 명 또 한 명 그렇게 용골대를 대신해 나섰던 부하 장수 대여섯 명이 그 자리에서 목숨을 잃었다. 순식간에 벌어진 일이었다. 용골대는 간담이 서늘해졌다. 그동안 수없이 많은 전장에서 용맹을 떨쳐온 용골대였지만 이런 일을 겪기는 처음이었다. 과연 임경업이 무서운 장수로구나 싶었다. 십수 년 전 가달의 난리로 호국이 위태로웠을 때 명나라에 사신으로 왔다가 명나라 황제의 부탁으로 청병장이 되어 이시백과 함께 가달을 물리쳐 준 임경업이 아니던가. 칼로 맞서려다가는 자신도 어떤 일을 당할지 알 수 없었다. 용골대는 허리에 차고 있는 칼을 뽑는 대신에 한 손을 들어 만류하는 시늉을 하며 말을 탄 채 앞으로 나섰다.

"임 장군, 오랜만이요. 과연 무술 솜씨는 예와 다름없으시오. 나를 죽이는 대신에 나를 호위하던 부장 다섯 명의 머리를 무 밑동 자르듯 하였으니 이제 그만 화를 풀고 길을 내어 주시오."

제법 점잖게 하는 말에 임경업은 콧방귀를 뀌었다.

"버러지만도 못한 놈이 무슨 어림없는 개수작이냐? 그 옛날 우의정 이시백 대감과 내가 명나라 사신으로 갔을 때 황제의 분부로 가달의 군대에게 망할 뻔한 네 놈들의 나라를 구해줬거늘 그 은공을 갚기는커녕 도리어 침략을 하다니, 너희는 자칭 황제라는 자로부터 위아래가 모두 짐승만도 못한 무리다. 헛소리 말고 목을 내놔라."

저희가 떠받드는 황제까지 싸잡아 욕하는 소리에 용골대도 발끈했다.

"옛날 일은 들추지도 말라. 그때는 우리가 힘이 약해 명나라에 도움을 청했지만, 그때 이후로 나라의 힘을 길러 지금은 명나라에 맞먹는 세력을 갖춘 청나라가 되었다. 그러는 사이에 너희들 조선은 무얼 하고 있었느냐? 망해가는 명나라만 떠받들고 우리를 야만족 오랑캐라고 깔보면서 버러지 취급을 하더니 오늘날엔 우리가 세운 청나라에 져서 화친을 청해오지 않았느냐? 억지 그만 부리고 물러서라."

"무엇이 어쩌고 어째? 배은망덕[1]한 날강도 같은 것들이 늘어놓는 말 따위는 듣고 싶지도 않다."

말 위에 높이 앉은 임경업이 용골대가 탄 말 앞으로 달려들면서 쳐들었던 칼을 내리쳤다. 머리 위로 떨어지는 임경업의 칼날을 용골대가 간발의 차이로 칼을 들어 막았다. 간신히 단칼에 목이 떨어지는 것은 막았지만 곧 임경업의 두 번째 칼날이 머리 위에 춤을 추었다. 용골대의 등줄기로 식은땀이 쏟아졌다. 그 순간 용골대의 뇌리를 번개같이 스치는 것이 있었다.

"자, 잠깐. 내 말을 들어보라. 내가 그대에게 전해 줄 것이 있다."

정수리를 노리고 내려오는 임경업의 칼날을 피해 뒤로 급히 물러나며 용골대가 다급히 외쳤다.

"전해 줄 것이 무엇이냐? 허튼수작을 부리려다간 내 이 칼이 용서하지 않을 것이다."

임경업이 칼을 들어 용골대를 겨누며 으름장을 놓았다. 용골대가 칼 들지 않은 한 손으로 품속을 뒤져 박 씨가 준 편지를 꺼냈다.

"우의정 집에서 받아온 글이니 한 번 읽어보라."

---

1 배은망덕: 남한테 입은 은덕을 저버림.

임경업이 의아한 얼굴로 칼끝을 내밀어 용골대가 앞으로 내민 글씨 쓰인 종이 한끝을 꿰어 들었다. 그리고 다른 한 끝을 반대편 손으로 잡아 펴서 읽었다.

"우의정 이시백의 처 박 씨가 임 장군께 한 장 글월을 부칩니다. 이제 나라가 운수불길하여 이런 망극한 변을 당하였으나 이는 다 하늘의 정하신 바이니, 사람의 힘으로는 막을 수 없사옵니다. 용골대가 지금 세자와 대군을 모셔가고 있으니 장군은 분한 마음을 진정하시고 용골대를 무사히 돌아가게 하여 몇 년 후에 세자 대군을 평안히 환국하시게 하옵소서. 장군은 부디 박 씨의 말을 귀담아듣기를 바라옵나이다."

임경업이 편지글을 다 읽은 후에 통분함을 참고 말에서 내려 세자와 대군이 타고 있는 가마를 찾아가 피눈물을 뿌리며 머리를 조아렸다.

"바라옵건대 저하께서는 망극함을 참으시고 옥체를 보중하옵소서. 몇 년만 참고 계시면 신이 반드시 목숨을 걸고 모시러 가겠사옵니다."

세자가 탄 가마에서는 끝내 아무런 말이 없었다. 대신 청나라 군대의 꽁무니에 붙어서 끌려가는 조선 여인들의 울부짖음이 들려왔다.

"임 장군 우리를 구해 주세요."

"우리들은 끌려가면 다 죽습니다."

"대체 우리가 무슨 죄가 있어 만리타국에 끌려간단 말이냐."

"이제 가면 어느 날 어느 때에 고국산천을 다시 보리오."

여인들의 울부짖는 소리를 아랑곳하지 않은 채 행렬이 다시 움직이기 시작했다.

임경업은 그 자리에 엎어진 채 그 긴 행렬이 까마득히 멀어질 때까지 일어나지 못하고 통곡하였다.

임금이 남한산성을 나와 환궁2하는 날 그동안 피화당에서 박 씨의 극진한 보살핌을 받고 있던 왕비도 대궐로 돌아왔다. 임금이 몸소 대궐 뜰까지 내려와 왕비를 모시고 온 박 씨에게 감사하였다.

"박 부인이 신령스러움으로 여러 번 과인을 위급함에서 구해 주고 왕비까지 안전하게 보호하였으니 고맙기 이를 데 없도다."

임금은 시백에게도 충성심이 남달라 박 씨와 같은 부인을 두었다고 치하하고 시백의 벼슬을 우의정에서 영의정으로 높여 주었다. 시백이 겸사하여 머리를 조아렸다.

---

2 환궁: 임금이 대궐로 돌아옴.

"신이 마디만 한 공도 없사온데 외람한 관직을 주시니 황공무지 하옵니다."

"경이 나라가 위태함을 당했을 때 과인을 호위하여 충성을 다하고, 경의 부인이 여러 번 과인의 위급함을 구하고 용골대의 방자함을 꾸짖어 나라의 위상을 높였도다. 또한 난리 중에 왕비를 경의 집에 편안히 모셨으니 그 공을 어찌 작다 하리오."

한편으로 임금은 일찌감치 박 씨가 경계했던 말을 듣지 않았던 것을 두고두고 후회하였다.

"박 씨가 일찍이 오랑캐가 쳐들어올 것이라 했던 말을 새겨듣고 미리 방비하였으면 어찌 이런 난리를 겪었으랴. 오랑캐가 쳐들어올 리 없다는 간신의 말만 믿고 있다가 망극한 일을 겪었으니 내가 덕이 부족한 탓이로다. 박 씨가 만약 남자로 태어났다면 오랑캐의 침략도 능히 막아낼 수 있었을 것이나 규중 여자의 몸으로 적장의 기세를 꺾어 조선의 위엄을 빛냈으니 이는 고금에 없는 장한 일이라."

하고 박 씨를 '충렬 정경부인'으로 봉하고 만금의 상을 내렸다.

이후로 충렬부인 박 씨가 나라에 무슨 일이 있을 때마다 있는 힘껏 충성을 다 하고 가정을 화목하게 하여 덕스러운 언행이 나라 안에 가득 찼다고 한다.

주니어 박씨부인전 해설

1.

『박씨부인전』은 병자호란을 배경으로 한 옛날 소설이다.

우리나라 역사를 보면 16세기 말에 '임진왜란'이 일어났고, 17세기로 들어와서 병자호란이 있었다. 1592년 일본이 남쪽으로 쳐들어와서 시작되어 7년을 끌었던 임진왜란은 정말로 민족적인 고난의 대전쟁이었다. 1636년에 청나라가 북쪽에서 쳐들어와서 일어난 병자호란은 단기간에 끝나기는 하였지만 임진왜란에 못지않은 고난과 시련을 안겨 주었다. 전세에 밀려 임금이 남한산성으로 피난하였다가 적에게 항복해야만 했으니 이 사건은 국가적 치욕으로 기억되었다.

병자호란 당시 중국에서는 명나라가 청나라와의 싸움에 져서 멸망하는 사태가 일어나 우리나라가 자리 잡고 있는 동아시아 전체의 역사가 명 중심에서 청 중심으로 뒤바뀌게 되었는데 병자호란은 이런 과정에서 일어났다고 볼 수 있다.

『박씨부인전』은 이처럼 거대한 역사의 변화가 진행되는 사이에서 우리나라가 겪어야 했던 고난을 이야기로 엮은 소설이다.

우리의 고전소설로서 임진왜란을 배경으로『임진록』이 출현했고 병자호란을 배경으로는 『박씨부인전』이 출현한 것이다. 그런데 『임진록』과 『박씨부인전』은 다 같이 역사적 사실에서 나온 것이지만 우리가 읽는 역사책처럼 사실을 기록한 내용은 아니다. 현실에서는 도저히 있을 수 없는 이야기로 엉뚱하고 황당하게 엮어지고 있으며 소설의 주인공들이 하는 행동들은 비현실적인 초능력이라고 보아야 마땅하다. 소설에 등장하는 인물들도 실제로 있었던 사람과 허구의 인물이 뒤섞여 나온다. 더구나 실제로 있었던 사람이라 해도 하는 일은 그 사람의 실제 행적과는 전혀 들어맞지를 않는다. 소설이란 것이 본래 허구라고 하지만 일반적으로 말하는 소설적 허구와는 다른 가공과 환상으로 꾸며져 있다. 그러니 역사적 사실을 배경으로 한 것이라 해도 실은 그 사실을 빌려다 쓴 데 지나지 않는다. 이런 점이 『임진록』과 『박씨부인전』의 특징적인 성격이라 말할 수 있다.

그런데 『박씨부인전』과 『임진록』은 다 같이 전쟁을 배경으로 한 소설이지만 『박씨부인전』은 『임진록』과 다른 특징이 하나 있다. 박 씨 즉 주인공의 이름이 붙여진 소설 제목이다. 춘향이 주인공이어서 『춘향전』, 심청이 주인공이어서 『심청전』이 된 것과 같다.

전쟁이라면 예로부터 으레 남자들이 주인공이 되어 싸우는 무대이다. 『임진록』 역시 영웅적인 남자들의 활동 무대이다. 반면

『박씨부인전』의 경우 남자들도 많이 등장하긴 하지만 실제로 중요한 역할을 하는 것은 여자들이다. 박 씨가 대표적이지만 박 씨의 하녀 계화도 한몫을 하고 있으며 그들과 맞서는 호국의 기홍대도 여자이다. 이렇게 『박씨부인전』의 이야기 한 마당에는 여성들이 크게 부각되고 있다. 이런 점을 『박씨부인전』만의 특징이라고 생각하면서 읽어보면 더욱 흥미롭고 관심을 갖게 될 것이다.

그런데 『춘향전』의 춘향이가 절세미인이었던 것과는 반대로 『박씨부인전』의 박씨는 아주 못생긴 추녀로 등장하고 있다. 못생긴 정도가 너무 심해서 흉측하고 괴기스럽기까지 하다. 하지만 이야기가 전개되면서 나중에는 허물을 벗고 아름다운 여인이 된다. 마치 나비의 애벌레가 번데기가 되었다가 허물을 벗고 아름다운 나비가 되는 것처럼. 이런 반전이 무척 놀랍고 이야기로서 더할 수 없는 재미를 준다. 그런데 여기서 아름다움과 추함에 대해 한번 생각해 볼 필요가 있다. 무엇이 아름답고 무엇이 추한가. 오늘날에도 우리는 사람을 겉보기만으로 판단하기 쉽다. 그 사람의 겉모습만 보고 내실의 가치에 대해서는 전혀 생각하지 않을 때가 많은 것이다. 이 문제에 대해서도 깊이 따져볼 필요가 있다. 『박씨부인전』은 역사를 배경으로 하고 있지만 역사소설이라고 단정짓기는 어렵고, 국문학적으로는 설화적 성격이 강한 설화소설로 보고 있다. 이것은 우리나라 고전 소설의 특이한 유형이고 특징적 성격이라고 할 수 있다. 지금 우리가 살아가는 시대와는 워낙 생활 풍속도 다르고 사고방식의 차이도 큰데 이런 점들을 이해하고 읽으면 더욱 흥미로울 것이다.

2.

옛날이야기 속의 영웅은 탄생에서부터 기적이 따른다. 신화나 전설은 물론 고전 소설의 주인공들도 신비롭게 태어나는 경우가 허다하다. 『박씨부인전』에서 남주인공 이시백이 바로 그렇다. 그가 엄마의 뱃속에서 세상에 나올 때의 이야기를 보자.

> 문득 오색 안개 같은 구름이 하늘에서 내려와 사방을 자욱하게 감싸더니 그 속에서 선녀가 내려왔다……. 선녀가 아기를 손수 씻겨 누이면서 부인에게 고하였다.
> "이 아기는 하늘의 태백성이 이 세상에 내려와 부인에게서 태어난 것입니다. 장성한 다음에 이 아기의 배필은 금강산에 있으니 부디 하늘이 정하신 바를 어기지 마십시오."

하늘나라의 선녀가 내려와서 방금 태어난 아기를 씻겨주고 당부하는 말까지 남기고 사라진다. 이 아기는 태백성, 즉 금성의 정기를 타고 난 특별한 존재임을 알려주고 하늘이 정해준 인연이 있으니 어기면 절대로 안 된다고 한 것이다. 그런데 남주인공 이

시백은 금강산에 있는 하늘이 정해준 짝과 혼례식까지는 치르게 되지만 첫날밤에 신부의 용모를 보고 그만 혼비백산하여 신방을 뛰쳐나온다. 그리고 그의 아버지가 놀라서 "너 어찌 도로 나오며 놀란 기색이 있음은 어찌 된 까닭이냐?" 하고 묻자 이렇게 대답한다.

"소자가 신방에 들어가 신부를 기다리고 있는데 신부는 오지 않고 웬 시커먼 흑살천신 같은 여자가 더러운 냄새를 풍기며 들어와서 혼비백산하였습니다. 속이 메스꺼워 견딜 수가 없으니 날이 밝는 대로 곧 한성으로 돌아가야겠어요."

'신부가 오지 않았다'고 말한 것은 신부가 그렇게 추한 용모일 리 없다고 확신했기 때문이다. '흑살천신'은 더없이 흉측하게 생긴 마귀를 가리키는 말이다. 신부의 용모를 표현하는데 "키는 거의 칠 척은 되고 퍼진 허리는 열 아름은 되고 높은 코와 내민 이마며 둥근 눈망울이 끔찍이 흉하고 한 다리가 짧은지 절름거리고 안색이 먹칠 같고……."라고 하였으니 상상조차 하기 어려울 정도로 기괴하고 흉한 꼴이 아닌가. 이것은 물론 극도의 과장법이다. 부자연스러울 뿐만 아니라 너무 지나치다는 느낌도 든다. 이러한 과장법을 쓴 데는 무언가 까닭이 있을 것이다. 이런 것은 설화에서 유래한 것으로 기괴스러움에서 나오는 일종의 '미'를 끝까지 밀고 나갔다고도 할 수 있지만 『박씨부인전』에서 노린 해답은 따로 있는 것으로 보인다. 바로 신방에서 뛰쳐나온 아들을 꾸짖는 아버지의 말에 그 해답이 있다.

"네 아무리 용렬한 위인이라 하여도 오늘이 부부의 첫날밤이거늘 신부가 비록 외모가 아름답지 못하다 하여도 놀라서 뛰어나오는 법이 어디 있더냐? 여자의 도리는 현숙함이 근본이요 용모의 아름답고 추함은 상관할 바 아니거늘 네 어찌 미색만 취하고 덕을 가벼이 여기는 행실을 보이느냐. 이런 방자한 말은 다시 하지 말고 어서 방으로 들어가 부부로서 화평을 이루어라."

'이런 방자한 말'이란 아들이 아버지에게 '날이 밝는 대로 곧 한성으로 돌아가야겠다'고 한 말이다. 즉 혼인을 깨고 그냥 돌아가자는 주장이다. 아들 이시백의 이 주장의 근거는 신부의 외모에 있다. 아버지는 '현숙한 덕', 즉 여자의 미덕은 겉모습에 나타나는 것이 아니고 안에 깃든 내용의 실질이 중요하다는 관점이다. 그러니까 신부의 용모를 극도로 과장되게 표현한 것은 그 안에 담긴 실질을 더욱 선명하게 강조하기 위한 수법인 것이다.

예전부터 써오던 사자성어 '천정배필'이란 말이 있다. 하늘이 정해준 짝이란 뜻이다. 그러나 용모가 따라주지 못하면 아무리 하늘이 정해준 짝이라도 성사되기 어려운 것인지도 모르겠다. 『박씨부인전』에서는 부친의 투철한 판단과 완강한 결단으로 박 씨와 이시백의 결혼이 일단 이루어지기는 한다. 그러나 박씨는 남편에게는 아내로서 시어머니에게는 며느리로서 받아들여지지 않는다. 남편에게는 철저히 외면당하고 시어머니에게는 구박덩어리가 되는 것이다. 그 내실에 무엇이 담겨 있는가는 전혀 살펴보려 하지 않으니 박 씨의 능력과 재주는 완전히 그들의 관심권 밖이다.

   옛날 시대의 여성들은 결혼하면 시집살이를 해야 했고 남성 중심의 사회에서 부당한 대접을 받기도 했다. 예를 들면 박 씨가 그럴만한 일이 있어서 하녀 계화를 시켜 남편에게 와 달라고 했을 때다. 그때 남편은 계화를 보고 "너의 주인이 산골짜기에서 태어나 자라면서 보고 배운 것이 없어도 그렇지, 여자가 되어 장부를 오라 가라 하니 해괴하기 짝이 없다."고 화를 내면서 하인을 불러 계화에게 매를 때리게 한다. 심하게 말하자면, 못생긴 촌년이 하늘 같은 서방님을 감히 오라 가라 하니 너의 주인 대신 맞으라고 한 것이다. 박 씨는 울면서 돌아온 계화를 보고 "이는 나의 죄를 너에게 연좌시킨 것이다. 너에게 미안하기도 하려니와 또한 나를 때린 것이나 한 가지니 여자의 몸이 불쌍함을 알겠도다." 하면서 마주 눈물을 흘린다. '연좌'란 죄를 남에게 전가시킨

다는 뜻이다. 자기 때문에 다른 사람이 부당하게 매를 맞은 것을 슬퍼하면서 '여자의 몸이 불쌍함을 알겠도다.'라고 한 데에서 그 시대 여성들이 일방적으로 당해야 했던 고통을 엿볼 수도 있겠다. 이것은 소설 속에서 문제를 한층 높은 차원으로 끌어올렸다고 볼만한 대목이다.

박 씨는 마침내 그 모든 어려움을 극복하게 된다. 그것은 그녀 자신이 본래부터 가지고 있었던 내면의 능력과 재주가 있었기에 가능했다. 박 씨는 자신이 가진 능력과 재주로 남편 이시백을 도와 과거에 장원 급제시키고 출셋길을 열어주는가 하면 온갖 신통력을 발휘하기도 한다.

이 단계에 이르러 하나의 기적이 일어난다. 박 씨의 외모를 추하게 보이도록 만들었던 허물이 벗겨져 아름다운 외모를 갖게 되는 것이다. 이것은 그녀의 업보가 끝났기 때문이다. 그런데 여기서 문제가 하나 생겨난다. 그것은 그동안 이시백이 박 씨를 완전히 무시해서 부부 사이가 남남보다 더 멀어져 있었던 일이다. 이 문제를 어떻게 풀어나가야 할까. 이때 그의 아버지가 말한다.

"이제 무슨 면목으로 네 아내를 보겠느냐? 사람됨이 저렇듯 용렬하니 앞으로 나라의 부르심을 받게 된들 그 무거운 책임을 어찌 능히 감당해 낼 수 있겠느냐."

아내를 오직 못생겼다는 이유만으로 외면하고 소박을 하였으니 남편으로서 대할 면목이 없는 것은 말할 나위가 없다. 하지만 부부 사이란 것은 예나 지금이나 결국 부부간에 달린 일이다. 이 경우 역시 이시백이 박 씨에게 자신의 잘못을 뉘우치고 누누이 사과하며, 박 씨 또한 이시백이 그동안 잘못했던 일들을 따끔하게 지적한 다음에 그 사과를 받아들여서 화해하게 되는 것이다. 이 장면은 특히 눈여겨보고 생각해 볼 필요가 있다. 비록 남성 중심의 시대였다고 하더라도 부부관계를 바르게 설정해야 하는데 무엇보다 먼저 여자의 인격과 위상을 챙기려 했다는 점이다. 남녀관계에 대한 각성이 싹텄다고 해석할 수 있지 않을까.

『박씨전』의 전체 서사에서 절정을 이룬 대목은 박 씨가 나서서 호국의 여자 자객 기홍대를 여지없이 제압하는 장면이다. 기홍대는 호국의 왕비 호 귀비에게 수련을 받아 마치 무협 영화에 등장하는 검객처럼 비상한 재능을 지닌 여자이다. 그녀는 조선의 큰 인물인 이시백과 임경업을 암살할 목적으로 조선에 몰래 들어와 이시백의 집에 잠입하였다. 박 씨는 이런 일이 있을 줄 미리 알고 있었기에 남편인 시백을 대신해서 그녀와 맞서게 된다. 박 씨는 지혜와 신통력으로 기홍대를 꼼짝 못 하게 무릎을 꿇린 후에 호통을 친다.

"너를 보낸 너의 왕과 왕비의 소행을 생각하니 너를 먼저 죽여 나의 분한 마음을 조금이나마 풀고 싶으나 네가 본색을 드러내고 용서를 비니 목숨만은 살려주겠다. 돌아가서 너의 왕에게 내 말을 자세히 전하라."

적국에서 중요한 임무를 띠고 온 것은 여자이고 이에 맞선 것도 여자이다. 양국의 여자 즉 기홍대와 박 씨가 양편의 대표선수였던 셈인데, 이 대결에서 박 씨가 이긴 것이다. 그리하여 박 씨가 기홍대에게 너희 나라 왕에게 전하라고 한 말이 이러하다.

"'금수 같은 호왕아, 네가 분수에 넘치는 욕심을 품어 조선을 침범하려고 하니 이는 모두 조선의 운수불길함이나 너의 병력이 아무리 강성할지라도 조선을 쉽게 침노하지 못할 것이다.' 너는 빨리 네 나라로 돌아가 너의 왕에게 나의 이 말을 상세히 전하여라."

조선을 침범하려는 행위는 분수에 넘치는 욕심이라고 하면서도 그 모든 일이 오로지 '조선의 운수불길함'에 있다고 보는 것이다. 인력으로 피할 수 없는 운수가 작용하기 때문이라는 의미이다. 소설의 서사 논리는 그렇게 나아간다. 실제 역사 또한 조선이란 나라는 그 액운을 끝내 피하지 못했다고 말할 수 있겠다. 소설에서는 적군에 포위당한 위기 상황에서 국왕이 피눈물을 흘리며 "하늘이 우리나라를 망하게 함이로다. 삼백 년 지켜낸 나라가 과인에게 이르러 망할 줄이야!"라고 절망조로 탄식하기에 이른다. 그 위기 상황에서 소설은 이시백과 박씨 부인이 비상한 역할을 하여 나라가 아주 망하는 사태에는 이르지 않는다. 적과 부득이 화친을 하게 되는데, 이것을 하늘의 운수라고 말하고 있다. 소설 『박씨부인전』은 여기서 대략 마무리되고 있다.

3.

　『박씨부인전』은 누가 언제 지은 것인가? 작자의 설명이 어디에도 박혀 있지 않기에 작자를 알 길이 없으며 창작연대도 알 수 없다. 이런 점은 『박씨부인전』만이 아니고 우리 국문 고소설의 대부분이 마찬가지다. 근대 이전의 국문소설은 그냥 흥미 본위로 읽어서 누가 지은 것이라고 드러내지 않았고 독자들 또한 굳이 알려고 하지 않았기 때문이다.

　『박씨부인전』의 경우 창작 시기에 대해서는 분명히 말할 수 있는 근거가 있다. 병자호란 이후라는 점이다. 병자호란을 겪은 이후, 청나라가 동아시아의 중심 국가로 군림하는 상황에서 이 소설이 출현하고 읽힌 것이 물론이다. 지금 『박씨부인전』을 살펴보면 비록 그 작자를 밝혀낼 수 없다 해도 학식이 상당했고 고민도 많았으며 나름으로 반성적인 사고를 했던 인물이었을 것이다. 느낌이긴 하지만 그런 추정이 가능해 보인다.

　위의 해설에서 중점을 두었던 『박씨부인전』의 두 가지 특징적 성격이 이런 추정을 하도록 한다. 첫째, 여성이 이야기의 진행에서 주도적이고 적극적 역할을 맡았던 점이다. 반면에 남자들은 여전히 위세는 부리지만 사실상 별 볼 일이 없다. 남성 중심의 당시 사회에 대한 반성적 의미가 담겨 있는 것으로 해석할 수 있지 않은가 생각한다.

둘째, 인간의 진정한 가치가 어디에 있는가를 다시 생각하게 하는 점이다. 이 점은 주인공 박 씨를 통해 추악함과 아름다움의 반전이 일어나는 이야기의 진행 과정에서 아주 선명하게 그려지고 있다. 박 씨가 추악한 허물을 벗는다고 해서 그녀의 본질적인 가치가 달라지는 것은 아니었다. 이런 측면은 오늘날의 인간이 반성해야 할 현재적 문제점이 아닌가 한다.

『박씨부인전』은 따로 정본이 있지 않았고 필사본으로 전해졌을 뿐인데 지난 20세기에 근대 활자로 간행되어 알려진 것이 여러 종이 있다. 지금 그 이본 몇 가지를 참고해서 독자들이 쉽게 읽을 수 있도록 손질하였다. 『주니어 박씨부인전』은 『조선문학전집』(제4권, 『박씨전』, 삼문사 1948), 『임진록·박씨전』(이경선 주석, 정음사, 1962). 『한국고전문학전집』(제1권, 『박씨부인전』, 장덕순, 최진원 교주, 보성문화사, 1978) 같은 이본들을 참고 자료로 하여 집필하였다.

주니어 여검객

조선 후기 때 사람 소응천은 어려서부터 책을 읽고 글을 쓰는 것을 좋아하였으나 벼슬길에는 힘을 쓰지 않았다. 그는 그저 많은 책을 읽고 글을 지으면서 세상 사람들과 어울려 서로 소통하고 즐겁게 지내는 것을 좋아할 따름이었다. 그래서 한곳에 머물기보다는 여러 곳을 왕래하며 사람들을 만나고 다녔다. 문장을 짓는 재주가 뛰어나고 언변이 막힘이 없으니 사람들은 그를 기이한 선비라고 부르며 특이한 인물로 여겼다.

소응천이 혼자서 영남 지방의 한 산속에 머물러 살 때의 이야기이다.

입추 무렵의 어느 날 저녁이었는데, 친구를 만나러 먼 곳까지 갔다가 돌아오니 초막 앞에 웬 여자가 서 있다가 허리를 굽혀 공손히 인사를 하였다. 머리를 땋아 늘인 십팔 구세쯤 되어 보이는 여자였다.

"너는 대체 누구인데 무슨 일로 이 산속까지 나를 찾아왔느냐?"

응천이 묻는 말에 여자가 서슴없이 대꾸했다.

"제가 들으니 삼남 지방에 나리의 명성이 자자하였습니다. 그 행적을 전해 듣고 사모하는 마음이 생겨서 곁에서 섬기며 살고 싶어 찾아왔습니다."

여자의 말에 소응천은 엄한 목소리로 꾸짖었다.

"너는 처녀의 차림새를 하고서 제 발로 남자를 찾아와 함께 살기를 청하다니 규중처자의 도리가 아니로구나. 주인집에서 도망친 여종이냐, 기생이냐? 아니면 다른 데 시집갔다가 쫓겨 와서 도로 처녀인 척하고 다니는 여자냐? 네 정체부터 밝혀라."

"저는 기생도 아니고 시집갔던 여자는 더욱이나 아니옵고 어느 집의 여종이었습니다. 주인집이 망하여 돌아갈 곳이 없게 되어 할 수 없이 남복을 입고 세상을 떠돌면서 오직 훌륭한 분을 만나 평생을 의탁하기로 마음먹고 있었지요. 그러다가 나리께서 세상에 둘도 없는 기이한 인물이라는 이야기를 듣고 이렇게 찾아온 것입니다. 부디 제 청을 거절하지 말아 주세요."

듣고 보니 오갈 데 없는 처지가 가엾기도 하고 행동거지가 막돼먹지 않아 보여 소응천은 여자의 청을 들어주었다.

함께 산 지 삼 년이 지난 어느 날 밤에 여자가 소응천의 앞에 특별히 조촐한 술상을 차려 놓고 마주 앉는 것이었다. 마침 보름이라 달빛이 대낮처럼 밝았다. 여자가 응천에게 먼저 한 잔을 따라 바치면서 말했다.

"오늘 비로소 제가 저의 지나온 일을 자세히 말씀드리고자 합니다."

"처음에 얘기하지 않았느냐? 종살이하던 주인집이 망해서 떠돌이가 된 신세라고. 그런데 또 할 이야기가 남았느냐?"

응천이 웃으며 말하자 여자가 얼굴빛을 고치고 차분한 목소리로 입을 열었다.

"그렇습니다. 저는 원래 논과 밭을 많이 지닌 시골 양반집의 여종에게서 태어난 몸입니다. 어미가 여종이니 저 또한 날 때부터 종의 신세였지요. 그런데 다행인지 불행인지 제가 태어나던 날 주인댁 마님도 아기를 낳으셨어요. 그 아기도 딸이었습니다."

주인집에서는 자기 딸과 같은 날에 태어난 여자에게 갑이란 이름을 지어주었다. 외동인 주인집 딸은 갑이를 친구나 자매처럼 여겼다. 둘이 사이좋게 지내는 것을 주인집에서도 기특하게 여겨서 장차 자기 딸이 시집을 가게 되면 갑이를 교전비[1]로 삼겠다는 말까지 나왔다.

순탄한 세월이 흘러 주인집 딸과 갑이가 아홉 살이 되었을 때였다.

---

1 교전비: 옛날에 혼례를 치른 신부가 시집에 가면서 데리고 가는 여자 종.

그 지방의 세력가가 갑이의 주인집 재산에 눈독을 들였다. 그놈은 온갖 야비한 수단을 다 써서 주인 부부를 모함하고 논밭을 빼앗아 자기 것으로 만들었다. 주인집 부부는 아무 죄 없이 누명을 쓰고 옥에 갇혀 매를 맞고 죽었다. 부모를 잃은 주인집 딸은 죄인의 딸이라 하여 관비2가 될 뻔한 것을 유모가 몰래 빼돌려 먼 곳의 낯선 지방으로 도망을 쳤다. 그때 갑이도 두 사람을 따라갔다. 그간 자매처럼 사이좋게 자란 주인집 딸과 헤어지기도 싫었지만, 주인집이 망하니 하인들도 뿔뿔이 흩어져 다른 곳으로 팔려 가는 마당에 갑이도 어미와 떨어져 어디로 팔려 가게 될지 모르는 형편이었던 것이다. 갑이의 어미는 그럴 바엔 몇 년 동안 한 집안에서 친하게 지내던 주인집 딸의 유모에게 딸을 맡기고 싶어 했다.

유모는 착하고 야무진 여자였다. 인정 많은 주인집 부부는 명절이나 집안에 무슨 좋은 일이 생겼을 때마다 하인들에게 용돈을 조금씩 주곤 했는데, 다른 가족 없이 홀몸이었던 유모는 주인집 딸의 유모로 들어온 후 9년 동안 그 돈을 쓰지 않고 모아 두었다. 유모는 그 돈으로 도망간 곳에서 약간의 밭을 사서 두 소녀의 손을 빌려가며 농사를 지어 근근이 생계를 이어갔던 것이다.

---

2 관비: 관의 노비.

그런지 일 년이 지나 주인집 딸과 갑이가 열 살이 되었을 때였다. 주인집 딸이 무언가를 굳게 결심한 표정으로 유모에게 남자 옷 한 벌을 지어 달라고 했다.

"나는 지금부터 남장하고 칼 잘 쓰는 사람을 찾아 온 세상을 떠돌아다닐 테다. 검술에 능한 사람이 되어서 억울하게 돌아가신 우리 부모님의 원한을 풀어 드릴 거야."

힘주어 말하는 소녀의 눈에서 불똥이 튀었다. 갑이가 두 손으로 주인집 딸의 손을 꼭 잡았다.

"저도 같이 가요. 죽어도 같이 죽고 살아도 같이 살아요."

두 소녀는 곧바로 남장을 하고 집을 떠나 여러 지방을 떠돌면서 사람들 사이에 입소문이 난 검객을 찾아다녔다. 검술을 배우러 다닌다는 두 사람을 그 누구도 여자라고는 생각하지 않았다.

그렇게 떠돌아다닌 지 2년 만에 비로소 마음에 흡족할 정도로 칼 솜씨가 뛰어난 검객을 만나게 되었다.

"그 검객에게 검술을 배운 지 5년이 지나자 아가씨는 무술에 통달해서 칼을 옷 안에 숨기고 공중을 날아다닐 정도가 되었습니다. 그 후로는 우리 둘이 도회지를 다니면서 사람들 앞에서 묘기를 보여주고 돈을 받아 수천 냥을 벌어서 보검 네 자루를 샀습니다. 그리고 곧 원수가 사는 곳을 찾아갔지요."

여자는 잠시 이야기를 끊고 목이 마른지 응천의 술잔에 먼저 술을 따르고 자기도 한 잔을 따라서 단숨에 쭉 들이켰다. 응천은 여자가 늘어놓은 놀라운 이야기에 정신이 멍해져서 따라준 술을 마시는 것도 잊었다. 눈앞의 여자가 갑이라는 열 살짜리 소녀였다는 사실부터 믿기지 않았다. 몸매마저 가냘픈 이 여자가 억울하게 죽은 상전의 원수를 갚기 위해 그 딸과 함께 칠팔 년 동안을 함께 검술을 연마해서 마침내 원수를 찾아간다는 게 과연 있을 수 있는 일일까? 응천의 얼굴에 나타난 표정만으로도 속마음을 짐작할 수 있다는 듯 갑이의 입가에 보일 듯 말 듯 한 웃음이 떠올랐다 사라졌다. 그리고 이야기를 이어갔다.

십 년 가까운 세월이 지나 남복을 입고 나타난 주인집 딸과 갑이를 고향 동네 사람들은 전혀 알아보지 못했다. 궁금해하는 눈길로 흘낏거리는 마을 사람들에게 갑이가 나서서 여태 해온 대로 사설을 풀었다.

"우리 두 사람은 일찍이 세상에 보기 드문 재주꾼을 만나서 배운 재주로 방방곡곡을 떠돌며 재주를 팔아 먹고사는 사람들입니다. 이 동네를 들어와서 척 돌아보니 기름진 들판에 곡식이 무르익어 의식이 풍족하니 배부르고 등 따신 분들 앞에서 한번 놀아보고 싶소이다. 이 동네에서 제일 마당 넓은 집이 뉘 댁이요? 그

집 마당 한 번 빌려주면 세상에 보기 드문 재주를 단돈 열 푼에 보여 드리리다."

갑이가 사설을 늘어놓는 사이에 주인집 딸이 앞구르기 뒤구르기에 모둠발로 뛰어 한 길이나 솟아올랐다 내려오기를 연거푸 해 보이니 둘러선 동네 사람들의 박수갈채가 쏟아졌다. 그리고 모두 마당 넓은 집으로 원수 놈이 빼앗아 살고 있는 큰 기와집을 손꼽는 것이었다. 성미 급한 몇 사람은 벌써 그 집으로 달려가 대문을 두드리고 자초지종을 설명하느라 입에서 침방울이 튀었다.

동네 사람들 성화에 못 이겨 마침내 그 집의 대문이 열렸다. 가진 자의 조심성으로 평상시에는 대낮에도 굳게 닫혔던 대문이었다. 이른 저녁을 먹고 몰려든 동네 사람들의 성화도 성화려니와 세상에 드문 재주를 보려는 구경 욕심도 한몫한 것일 게다.

그 옛날 갑이가 주인집 딸과 함께 소꿉놀이하던 그 집 넓은 마당에는 오래된 감나무 두 그루가 아직도 멀찍이 떨어진 채 마주 보고 서 있었다. 십 년 가까운 세월 동안 원래 굵었던 감나무 둥치는 더욱 굵어져 두 아름이 넘어 보이고 나무 꼭대기가 까마득히 올려다보이는 것이 집 높이의 두 배는 될 것 같았다. 제철이 아니라 아직 익지 않은 어른 주먹만 한 풋감들이 가지마다 주렁주렁 달려 그 무게로 어떤 가지는 금방이라도 찢어질 듯 밑으로 늘어져 있었다. 그 감나무 밑에서 함께 놀던 어린 시절이 생각나 주인집 딸과 갑이는 남몰래 입술을 깨물었다. 그러나 두 사람의 마음을 알 길 없는 동네 사람들의 기대에 찬 눈빛 앞에 두 사람은 급히 옛 생각을 떨쳐버리고 재주를 펼쳐 보이기 시작했다.

먼저 두 사람이 가볍게 몸을 솟구쳐서 두 그루 감나무 맨 윗가지에 하나씩 올라서니 사람들 입에서 감탄하는 소리와 함께 박수가 터져 나왔다. 원래 감나무는 가지가 약해서 부러지기를 잘하는데 그 위에 우뚝 서 있으니 발이 가지를 밟고 선 것이 아니라 잎사귀 사이에 몸이 둥실 떠 있는 것 같았다. 두 사람은 거기서 다시 몸을 솟구쳐 하늘로 한 길이나 솟았다가 서로 방향을 바꾸어 반대쪽 나무 위에 사뿐히 내려섰다. 그러기를 연이어 몇 번을 거듭하고 지붕 위로 날아 내려 기왓골을 타고 다니며 공중제비를 넘는데 기왓장 하나 깨지기는커녕 바삭 소리도 나지 않았다. 생전 처음 보는 기막힌 묘기에 동네 사람들은 물론이고 원수의 식구들도 입을 다물지 못하고 박수갈채를 보냈다.

해가 지고 어둠살이 내려 마당이 어둑어둑해지자 두 사람의 묘기는 끝이 났다. 동네 사람들이 추렴해 모은 구경값 열 푼이 감나무 밑에 던져졌다. 그리고 모두 꿈에서 깬 것처럼 얼이 빠진 얼굴로 몇 사람씩 무리를 지어 마당을 빠져나갔다. 원수의 식구들도 대문을 닫아걸고 안으로 들어가 이 방 저 방에서 초롱불 빛이 새어 나왔다. 그러다 그 불빛마저 꺼지고 온 집안이 쥐 죽은 듯 고요한 어둠 속에 잠겼을 때 마당에 선 감나무의 무성한 가지 사이에서 작은 그림자가 하나씩 살그머니 땅 위로 내려왔다. 바로 주인집 딸과 갑이었다. 마을 사람들이 무리 지어 마당을 나갈 때 두 사람은 아무도 모르게 감나무 가지 사이로 몸을 숨겼던 것이었다. 오랫동안 무술을 닦아온 사람의 몸놀림으로 날쌔게 높은 나뭇가지 위로 올라가 무성한 잎들 사이에 몸을 숨겨서 마치 그림자가 어둠 속으로 빨려든 것 같으니 아무도 눈치를 채지 못했다. 땅 위로 내려온 두 사람은 곧바로 안채로 달려가 안방 문을 따고 들어갔다. 캄캄한 방안에서 원수 부부의 코 고는 소리만이 들렸다. 두 사람은 뒷손질로 열었던 문을 소리 없이 닫고 어둠에 눈이 익을 때까지 기다렸다가 곧바로 부부의 머리맡으로 다가가 한 사람씩 손으로 입을 틀어막으며 일으켜 앉혔다. 두 사람은 잠결에 당한 일이라 끽 소리도 못 하였다. 꿈속이라 여기고 있는지도 몰랐다. 주인집 딸이 그들의 귓가에 대고 낮은 목소리로 힘주어 말했다.

"이 집이 원래 누구 집이더냐? 원래의 집 주인은 바로 우리 아버지와 어머니셨다. 너희들이 욕심에 눈이 멀어서 우리 부모를 죽게 하고 땅과 집을 빼앗은 일을 잊지는 않았겠지? 그분들의 딸인 나는 부모의 원수를 갚기 위해 남장을 하고 여러 해 동안 방방곡곡을 누비며 무술을 익혀 바로 오늘 여기 왔다. 오늘 내 칼에 목숨을 잃어도 할 말이 없으리라. 소리를 질렀다가는 네 자식들까지 모두 목숨을 부지하지 못할 것이다."

원수 부부는 너무 놀라 혼절했는지 혹은 그래도 부모랍시고 자식들만은 살리고 싶었는지 아무 소리 없이 앞으로 고꾸라졌다.

그렇게 부모의 원수를 갚은 주인집 딸과 갑이는 집 밖으로 나와 어둠 속에서 여자 옷으로 갈아입고 동네를 빠져나왔다. 나는 듯이 걸어서 중간에 계곡을 찾아가 찬물에 목욕하고 술과 안주를 장만해서 주인집 딸의 부모가 묻힌 곳을 찾아갔다. 부모의 무덤 앞에서 주인집 딸은 마치 산 사람에게 하듯이 복수한 자초지종을 조목조목 얘기했다.

"아버지 어머니 이제 원한을 푸시고 구천에서 편히 쉬옵소서."

말을 마친 주인집 딸은 무덤 앞에 엎드려서 오랫동안 숨죽여 울었다. 한참 만에 눈물을 닦고 몸을 일으킨 주인집 딸이 갑이에게 말했다.

"나는 우리 부모님의 아들로 태어나지 못한 탓으로 세상에 살아 있더라도 가문을 이을 도리가 없다. 남장을 하고 8년 동안이나 세상을 돌아다녔으니 비록 내 몸을 깨끗이 간수했다고 하여도 그것이 어찌 규중처자의 행실이라 하겠느냐. 나를 배필로 맞아 줄 남자가 나서지도 않으려니와 나선다 한들 내 마음에 드는 사람을 찾기도 어려울 것이다. 더욱이 인명을 해친 몸이다. 비록 부모님의 원수를 갚기 위해서였다고는 하나 하늘이 주신 귀한 목숨을 빼앗은 죄는 씻어지지 않을 것이다. 나는 차라리 여기서 자결하련다. 너는 나의 보검 한 쌍을 팔아서 나를 이곳에 묻는 장례 비용으로 써다오. 나를 여기에 묻어서 죽은 혼이나마 부모님 곁으로 돌아가게 해주면 여한이 없겠다."

갑이도 어느 정도 예상한 말이었다. 또한 따라 죽을 각오도 되어 있었다.

"아가씨가 죽으면 저도 따라 죽겠습니다."

그러나 주인집 딸은 고개를 저었다.

"너는 나와 같은 처지도 아니고 단지 나에 대한 의리로 원수 갚기에 도움을 주었을 뿐이니 나를 따라 목숨을 버릴 필요는 없다. 나를 이곳에 묻은 다음에 나라 안을 두루 돌아다니며 네 마음에 드는 남자를 만나게 되면 그 사람과 더불어 남은 생을 보내도록 하여라. 네가 마음에 맞는 사람을 만나 잘 사는 모습을 황천에서나마 보고 싶은 게 내 소원이다. 너 또한 평범하지 않은 포부와 기상을 지니고서 평범한 남자에게 매어 일생을 머리 숙이고 고분고분 살고 싶지는 않을 것이다."

말을 마친 주인집 딸은 곧바로 칼 위에 몸을 던져 자결하고 말았다.

"저는 아가씨의 유언을 따라서 한 쌍의 보검을 팔아 돈 3백 냥을 마련했지요. 그 돈으로 아가씨의 장례를 지내고 남은 돈으로는 적당한 사람에게 위토[3]를 마련해 주어서 아가씨의 제사를 지내게 했습니다."

 이야기를 풀어내는 사이, 갑이의 얼굴은 점점 붉게 달아오르고 눈빛마저 이상한 빛을 띠고 번쩍였다. 자기가 하는 이야기에 취하기라도 한 것 같았다. 응천은 갑이의 번쩍이는 눈빛을 바로보기가 무서웠다. 상상해 보지도 못한 너무나 엄청난 이야기에 기가 질렸고 과연 그 이야기가 사실인지 꾸며낸 이야긴지도 판단이 서지 않았다. 사실이라면 갑이는 보통 여자가 아니었고, 꾸며낸 이야기라면 하필 그런 상서롭지 않은 이야기를 만들어 들려주는 이유가 무엇인가. 응천이 계속 입을 다물고 있자 갑이가 얼굴에 부드러운 웃음을 짓고 물었다.

 "제가 긴 이야기를 하는 동안 나리께선 입을 봉하기라도 하신 것처럼 한마디 말씀도 없으시네요. 혹시 제 얘기가 거짓으로 들리신 것입니까?"

 속마음을 들킨듯하여 응천은 화들짝 놀랐다. 공연히 헛기침을 몇 번 한 다음에 목청을 가다듬어 대꾸했다.

---

3 위토: 제사에 드는 비용을 충당하기 위한 토지.

"네가 주인집이 망하여 오갈 데 없는 신세가 된 후로 이곳저곳을 떠돌아다녔다더니 그러는 사이에 귀동냥으로 얻어들은 이야기가 많은가 보구나. 하나 그런 따위의 잡설은 귀담아들을 값어치가 없을 뿐 아니라 아녀자의 입에서 나올 이야기가 못 되니 앞으로는 하지 말거라."

응천은 짐짓 근엄하게 타이르고 나서 상 위에 마시다 만 술잔을 집어 단숨에 들이켰으나 왠지 모르게 술잔을 잡은 손이 가늘게 떨렸다. 갑이가 앉은 자세를 새로이 가다듬더니 초롱초롱한 눈빛으로 또박또박 말하였다.

"나리께선 어째서 제 이야기를 사실로 믿지 못하시는지요? 저는 아가씨의 장례를 지낸 후 그대로 남장을 하고 3년간 걸출한 인물을 찾아 삼남 지방을 돌아다녔습니다. 돌아가신 아가씨가 제게 남기신 유언을 지키고 싶어서요. 그러다가 많은 사람들이 나리께서 기이한 인물이라고 칭송하기에 제 발로 찾아왔던 것입니다. 하나 제가 그동안 모시고 살면서 살펴보니 나리께서는 문장을 교묘하게 꾸미는 재주가 대단하시고 천문[4]이나 역학[5]에 능통하셔서 사람들이 재미있어하는 사주보기나 점을 치고 부적을 쓰

---

4 천문: 점성술을 말함.
5 역학: 주역의 괘를 해석하는 학문.

는 등등의 잡술로 사람들의 마음을 홀리는 일에 뛰어나실 뿐이었습니다. 스스로 몸가짐을 바르게 하고 마음을 닦아 후세에 모범을 보이고 나아가 세상을 다스리는 높은 도에는 까마득히 미치지 못하시더군요. 그러면서 특이한 인물이라는 이름을 듣고 있다니 터무니없습니다. 실상이 없는 헛된 명성은 평상시에도 화를 부르기 십상인데 하물며 위태로운 세상이 닥치면 명을 보전하기도 쉽지 않을 것입니다. 나리께서는 앞으로 이렇듯 산림 중에 숨어 지내면서 헛된 이름을 높이지 마시고 전주 같은 큰 도회지에 살면서 아이들이나 가르치고 평범하게 사시는 게 신상에 좋을 것입니다.”

응천이 듣고 보니 자기를 두고 하는 말인데 그간 세상 사람들한테서 들어오던 말과는 달라도 너무 다른 평가였다. 하지만 스스로 생각해도 딱히 틀렸다고 반박할 수도 없으니 자존심이 상해 속이 부글부글 끓었다. 버릇없고 괘씸하다고 야단을 치자니 그랬다가는 옹졸하다는 허물 한 가지만 덧붙을 게 뻔했다. 응천이 얼굴이 벌게져서 말이 없으니 갑이가 또 말했다.

“저는 내일 새벽에 나리 곁을 떠나려 합니다. 나리께서 명성에 걸맞는 인물이 못 되시는 줄 알면서도 그냥 모시고 사는 것은 저 자신을 속이고 아가씨의 유언도 지키지 못하게 되는 일입니다. 남복을 그대로 간직하고 있으니 가볍게 갈아입고 이곳을 떠나서 호젓한 산속이나 넓디넓은 바다를 찾아가 제 마음껏 노닐겠습니다. 다시는 나리 곁에서 살며 바느질하고 음식 만드는 일에 얽매이지 않을 것입니다."

그러고는 빈 잔에 술을 따라 올리면서 말했다.

"제가 삼 년이나 곁에서 모시고 있으면서 재주를 숨겨 보여 드리지 않은 것은 도리가 아닐 듯합니다. 또한 나리께서 제가 한 이야기를 믿지 못하시니 그 증거로 저의 재주를 한번 보여 드려서 작별의 인사로 삼을까 합니다. 마음을 담대히 잡수셔야 하니 술을 드세요."

응천이 얼빠진 사람처럼 시키는 대로 술을 마시고 빈 잔을 상 위에 내려놓으니 갑이가 다시 술을 따라 내밀었다.

"제가 칼을 한번 휘두르기 시작하면 칼바람이 여간 매섭지 않습니다. 게다가 나리께선 담력이 센 분도 아니니 흠뻑 취해서 술기운으로 버티셔야 합니다."

그러면서 제가 먼저 술을 여러 잔 연거푸 들이켜는 것이었다. 그 말 또한 응천의 자존심을 건드렸다. 그래서 술이야 남자인 내가 너한테 지겠느냐 하는 심사로 주는 대로 받아 마셨다.

두 사람 다 거나하게 취한 다음에 갑이가 벌떡 일어나 방으로 들어가더니 잠시 후에 머리에는 푸른 두건을 쓰고 붉은 저고리 흰 바지 차림의 남장을 하고 나타났다. 발에는 물소 가죽으로 만든 장화를 신고 양손에는 서릿발이 돋는 서슬 푸른 칼 한 자루씩을 들었다. 응천에게 사뿐히 고개를 숙여 두 번 예를 갖추더니 휙 하고 칼 두 자루를 허공으로 높이 던졌다. 칼 두 자루가 번쩍이며 구름이라도 벨 듯이 높이 솟아오르자 갑이가 따라서 가볍게 공중으로 뛰어 올랐다. 다음 순간에는 떨어지는 두 자루의 칼을 하나씩 양 옆구리에 끼고 사뿐히 응천의 눈앞에 내려섰다. 응천은 긴 칼 두 자루가 서리 같은 빛을 뿜으며 허공으로 솟았다 떨어질 때 날카로운 칼끝이 머리 위로 떨어지는 것 같아서 간담이 서늘해졌다. 갑이는 응천이 놀라거나 말거나 칼 두 자루를 양손에 들고 다시 한번 휙 하고 공중으로 몸을 솟구쳤다. 처음에는 두 개의 칼날이 천천히 원을 그리며 허공을 베더니 차츰 그 속도가 빨라져서 검광이 춤을 추는데 마치 무수한 별똥별이 눈앞에 쏟아져 내리는 것 같고 꽃잎이 흩어져 땅 위에 자욱하게 깔리는 것 같았다. 날카로운 검광이 검은 밤하늘을 사방에서 찢으니 얼음 조각이 날리고 번개가 쉴 새 없이 번쩍였다. 사람은 안 보이고 오직 회오리바람이 뭉친 것 같은 흰 덩어리가 하늘 높이 솟았다 빙글빙글 돌며 밑으로 내려오더니 한 마디 큰 외침과 함께 마당 가운데 섰던 오래된 고목이 두 동강이 나서 나뒹굴었다. 다음 순간 갑이가 사뿐히 날아내려 그 앞에 섰다. 양손에 든 두 자루 칼에서는 날카로운 칼 빛과 함께 싸늘한 기운이 뿜어져 나왔다.

응천은 처음에는 술기운으로 버티고 앉아 있었으나 갑이가 허공으로 솟아올라 칼춤을 추기 시작했을 때 저절로 몸이 벌벌 떨려서 바로 앉아 있기가 힘들었고, 큰 고목이 두 동강이 날 때는 외마디 비명과 함께 자리에 쓰러져 거의 정신을 잃을 지경이 되었다. 갑이는 응천의 그런 모습을 보고도 별로 놀라지 않고 조용히 방으로 들어가 칼 두 자루를 잘 싸서 짐 속에 넣고 옷을 갈아입고 나왔다. 응천은 그때까지 자리에 쓰러진 채 일어나지 못하고 있었다. 갑이가 새로 술을 따끈하게 데워다가 응천의 입가로 흘려 넣어 주었다. 누운 채 술을 몇 모금 받아먹은 응천이 겨우 정신을 차려 눈을 뜨자 갑이는 그 앞에 큰 절을 해서 하직 인사를 올렸다.

  다음 날 아침에 응천이 잠에서 깨었을 때 갑이의 모습은 집안 어디에도 보이지 않았다. 응천은 어젯밤에 갑이가 한 이야기가 아직도 믿기지 않았다. 갑이가 양손에 칼을 들고 허공을 날며 부리던 묘기도 응천이 과음을 한 탓에 꾸었던 한바탕의 꿈이 아닐까. 그러나 마당 가운데 두 동강이 난 고목은 무엇을 말해 주는가. 그건 어쩌면 갑이가 자기가 한 이야기와 행동이 모두 사실이라는 증거로 남겨놓은 흔적인지도 몰랐다.

주니어 여검객 해설

「여검객」은 『박씨부인전』과 같은 소설류에 속하면서 여러모로 다르다. 그럼에도 서로 통하는 성격이 있기 때문에 이 점을 중시해서 이 책의 부록으로 실어 놓아 『박씨부인전』에 이어서 「여검객」을 아울러 읽어 볼 수 있도록 하였다.

　『박씨부인전』을 국문 소설이라고 부른 것은 처음부터 한글로 쓴 소설이기 때문이다. 이와 달리 「여검객」은 본래 한문으로 기록된 한문 소설이다. 『박씨부인전』의 경우 병자호란을 다룬 그야말로 국가 대사를 이야기로 엮은 것이다. 따라서 등장인물도 셀 수 없을 정도로 많고 스토리도 복잡하게 얽혀 펼쳐지고 있다. 반면에 「여검객」은 서사가 한 가정 내에서 시작되어 끝이 난다. 단선적인 구성 수법을 쓴 것이라 할 수 있는데 처음부터 끝까지 긴장감을 잃지 않았다. 『박씨부인전』이 장편적이라면 「여검객」은 단편적이라고 볼 수 있겠다.

　「여검객」은 등장인물로 여자 주인공과 그 상대역으로 소응천이란 남자, 두 사람이 나올 뿐이다. 작중에서 소응천은 학자로 명성이 높지만 실은 헛된 이름을 날리는 데다가 적극적인 역할을 하지 못하고 있다. 여자 주인공 갑이는 『박씨부인전』에서 박씨부인의 하녀인 계화에 해당하는 인물이다. 갑이의 주인아씨는 작중의 대화에서 언급될 뿐이고 실제로 등장하지 않는다. 「여검객」의 주인공 갑이는 『박씨부인전』의 계화의 후속이라 보아도 좋을 것 같지만 여기서는 갑이의 독무대가 펼쳐지고 있다. 「여검객」의 줄거리를 들어 보자.

　외딴곳에서 홀로 지내는 소응천에게 어느 날 남편으로 모시겠다면서 한 여성이 찾아온다. 다름 아닌 갑이었다. 그렇게 해서 3년을 같이 지낸 후에 그녀는 이제 떠난다고 선언한다. 그러면서 자신의 내력을 들려주는데 상전댁이 악독한 권력자의 손에 재산을 다 빼앗기고 멸문을 당했다는 것이다. 오직 주인집 딸과 하녀인 자신이 남았을 뿐인데 둘 다 9세의 어린애였다. 유모의 도움으로 멀리 도망가서 10세가 되었을 때 두 소녀는 권력자에게 복수를 다짐하고 여러 해 동안 검술을 익혀서 고수가 되어 마침내 부모와 상전의 원수를 갚는다. 주인집 딸은 스스로 목숨을 끊으면서 너는 결혼을 하여 살아가라고 한다. 한 가지 당부가 있었는데 너 또한 범상한 여자가 아니니 너와 짝이 될 만한 남자를 구하라는 말을 남겼다. 그래서 찾아온 인물이 소응천인데 막상 함께 3년을 살아본 결과 자기의 기대에 영 미치지 못한다는 것이었다. 그녀는 떠나면서 두 가지 일을 하는데 하나는 소응천에게 충고하는 말을 남긴 것이고 또 하나는 하늘을 훨훨 나는 검술을 시범으로 보여준 것이다. 그리고 그녀는 남장을 하고 떠난다.

여기서 갑이가 남장을 하고 집을 떠나는 의미는 무엇일까?『박씨부인전』에서도 여성의 존재가 크게 부각되어 있다. 하지만 그것은 국가라는 전체 속에 들어 있고 그나마 남자의 그늘에 가려진 상태이다.「여검객」에 이르러 비로소 여자 개인으로서 자아를 발견하게 된다. 그런데 주인집 딸의 경우 양반의 딸이라는 신분의 굴레 때문에 자결을 선택할 수밖에 없었으며, 뜻에 맞는 남자를 찾아 나섰던 갑이는 결국 집이라는 울타리를 벗어나는 길을 선택한다. 이때 남장을 하는 것은 남성 중심의 세상에서 여자의 몸으로는 자유롭게 살아가는 것이 불가능하기 때문이었다.

「여검객」의 원작은『삽교별집』이란 책에 수록되어 있다.『삽교별집』의 작자는 안석경(1718~1774)이고 18세기 중엽에 나온 책이다. 이 작품이 번역되어 실린『이조한문단편집』(이우성, 임형택 편역, 창비사, 2018)에 실려 있는 것을 대본으로 하였다.